양명문
시선집

양명문
시선집

박선영 엮음

현대문학

한국현대문학은 지난 백여 년 동안 상당한 문학적 축적을 이루었다. 한국의 근대사는 새로운 문학의 씨가 싹을 틔워 성장하고 좋은 결실을 맺기에는 너무나 가혹한 난세였지만, 한국현대문학은 많은 꽃을 피웠고 괄목할 만한 결실을 축적했다. 뿐만 아니라 스스로의 힘으로 시대정신과 문화의 중심에 서서 한편으로 시대의 어둠에 항거했고 또 한편으로는 시대의 아픔을 위무해왔다.

이제 한국현대문학사는 한눈으로 대중할 수 없는 당당하고 커다란 흐름이 되었다. 백여 년의 세월은 그것을 뒤돌아보는 것조차 점점 어렵게 만들며, 엄청난 양적인 팽창은 보존과 기억의 영역 밖으로 넘쳐나고 있다. 그리하여 문학사의 주류를 형성하는 일부 시인 · 작가들의 작품을 제외한 나머지 많은 문학적 유산들은 자칫 일실의 위험에 처해 있는 것처럼 보인다.

물론 문학사적 선택의 폭은 세월이 흐르면서 점점 좁아질 수밖에 없고, 보편적 의의를 지니지 못한 작품들은 망각의 뒤편으로 사라지는 것이 순리다. 그러나 아주 없어져서는 안 된다. 그것들은 그것들 나름대로 소중한 문학적 유물이다. 그것들은 미래의 새로운 문학의 씨앗을 품고 있을 수도 있고, 새로운 창조의 촉매 기능을 숨기고 있을 수도 있다. 단지 유의미한 과거라는 차원에서 그것들은 잘 정리되고 보존되어야 한다. 월북 작가들의 작품도 마찬가지이다. 기존 문학사에서 상대적으로 소외된 작가들을 주목하다보니 자연히 월북 작가들이 다수 포함되었다. 그러나 월북 작가들의 월북 후 작품들은 그것을 산출한 특수한 시대적 상황의 고려 위에서 분별 있게 이해되어야 할 것이다.

이러한 당위적 인식이, 2006년 한국문화예술위원회의 문학소위원회에서 정식으로 논의되었다. 그 결과, 한국의 문화예술의 바탕을 공고히 하기 위한 공적 작업의 일환으로, 문학사의 변두리에 방치되어 있다시피 한 한국문학의 유산들을 체계적으로 정리, 보존하기로 결정되었다. 그리고 작업의 과정에서 새로운 의미나 새로운 자료가 재발견될 가능성도 예측되었다. 그러나 방대한 문학적 유산을 정리하고 보존하는 것은 시간과 경비와 품이 많이 드는 어려운 일이다. 최초로 이 선집을 구상하고 기획하고 실천에 옮겼던 한국문화예술위원회의 위원들과 담당자들, 그리고 문학적 안목과 학문적 성실성을 갖고 참여해준 연구자들, 또 문학출판의 권위와 경륜을 바탕으로 출판을 맡아준 현대문학사가 있었기에 이 어려운 일이 가능하게 되었다. 이런 사업을 해낼 수 있을 만큼 우리의 문화적 역량이 성장했다는 뿌듯함도 느낀다.

〈한국문학의 재발견-작고문인선집〉은 한국현대문학의 내일을 위해서 한국현대문학의 어제를 잘 보관해둘 수 있는 공간으로서 마련된 것이다. 문인이나 문학연구자들뿐만 아니라 더 많은 사람들이 이 공간에서 시대를 달리하며 새로운 의미와 가치를 발견하기를 기대해본다.

2010년 1월

출판위원 염무웅, 이남호, 강진호, 방민호

"검푸른 바다 바다 밑에서 줄지어 떼지어 찬물을 호흡하고……"로
시작하는 가곡 〈명태〉를 누구나 한 번쯤 들어보았을 것이다. 탄력 넘치
는 베이스 음성과 힘찬 가락, 해학적 노랫말이 시원하게 어우러지는 이
노래 가사는 양명문의 시이다. 양명문은 〈신아리랑〉, 〈조국찬가〉 등 귀에
익은 가곡 80여 편의 작사자로 친숙하다. 그러나 45년 시력을 아우르며
개인 시집 여섯 권과 공동시집, 시선집 각 한 권씩을 낸 서정시인으로서
의 입지는 의아할 정도로 미약하다.

동경에서 『화수원』을 상재한 후 1984년 마지막 시집 『지구촌』을 출간
하고, 얼마 지나지 않아 지병으로 타계할 때까지 그는 시를 놓지 않았다.
첫 시집 『화수원』의 전편은 일본어로 쓰여 있어 독자의 접근이 쉽지는
않다. 그러므로 정식으로 대할 만한 작품은 귀국 후 북에서 간행한 두 번
째 시집 『송가』부터라 하겠다. 그간 『송가』는 기록에만 남아 있고 분단과
남북교류 단절로 인해 실체를 확인할 수 없었으나, 미군정청 자료실에
보관되어 있던 이 시집이 2009년부터 열람 가능하게 되었다. 작품 전모
를 갖추어 감상, 연구할 길이 열렸으니 다행한 일이다.

양명문의 시를 읽고 '서정' 앞에 '전통'이라는 말을 붙이며, 이 시대
전통의 의미는 무엇일까 새삼 생각해본다. 서정시는 시공을 넘어 만인이
공유하는 감정들을 기반으로 쓰여진다. 마음의 벌어진 틈새를 드나들며
흐르고, 빨아들이고, 엉기고, 증발하는 강력하고 깊은 감정들에 대한 믿
음. 하지만 폭넓게 교감할 수 있다고 믿었던 감정들도 환경과 자극적인
요소들에 따라 점차 변해 소통과 공감의 영역이 점점 좁아지고 있다. 자

연에 대해 순진하게 경탄하고 교류하던 정서들은 희박해지고 그런 상태를 표현한 시들도 점점 줄어든다. 고도산업사회에서 도시문화를 일상 조건으로 대하는 우리에게 전통적 정서가 친숙하다고 단언하기엔 더 이상 자신이 없다. 전통은 그 어감이 껴안고 있는 단단하고 웅숭한 울림과 어울리지 않게 이질적이고 생경한 감정들이 되어가는 것 아닐까.

양명문의 시는 복잡한 현대인의 감정 회로에 숨겨져 사뭇 생소하기까지 한, 소박한 정서를 길어 올린다. 대상을 향해 뿜어내는 원색적 감흥은 즉각적이라 오히려 단순명쾌한 기쁨을 준다. 분명한 감정의 발산은 소통에 대한 굳건한 믿음에서 생겨나는 것이리라. 환희와 기쁨, 슬픔과 눈물겨움, 그리움 등 삼원색처럼 선명한 정서들이 생활언어와 무심한 가락을 타고 분출한다. 그의 시편들은 1950년대 이후 우리 시단의 강력한 흐름, 전통 서정시의 줄기를 단단하게 엮어놓은 하나의 매듭으로 자리하였다. 그는 세시풍속과 농촌풍물을 단순 질박한 감흥으로 싱싱하게 버무리는 솜씨를 내내 유지하였다. 이에 주목하며 시집 『송가』 전편을 읽다 보면 전통 풍속을 다룬 서정시와 노골적인 체제예찬시가 장별로 양분되어 있는 구성의 난점을 발견하게 된다. 그는 월남 후 『송가』의 작품 중 전통 서정시만을 골라 세 번째 시집에 재수록했다. 본인이 따로 언급하지는 않았으나 그의 시적 성향이나 월남 후 활동상을 고려할 때 출간시의 난감함을 짐작할 만한 대목이다.

양명문 작품의 다른 한 축은 세 번째 시집 『화성인』 이후 몰두한 형이상학적 관념 시편들이다. 그는 관념어와 추상어를 집중적으로 골라 쓴

작품을 다수 남겼다. 관념과 추상을 현실의 구체적 이미지, 선명한 상징
으로 바꾸기를 의도적으로 거부한 시편들은 얼핏 불완전하고 모호하게
느껴질 수도 있다. 이제와 보면 그가 바라보던 세계는 어떤 현실적 대상
으로도 바꿀 수 없는 관념의 모호함 그 자체였으리라는 생각이 든다. 현
실에서 결국 도달할 길 없는, 색과 형이 없는 관념성이 내적 반성의 영역
으로 투사되며 자리잡았던 것이다. 그의 관념시가 담아낸 형이상학적 사
유의 무게는 한국 현대시사에 있어서도 독특한 지형을 차지할 수 있으리
라 본다. 이는 차후 과제로 보다 분명하게 의미화되어야 할 것이다.

　복잡하고 화려한 자극에 둘러싸여 감각, 지각의 반응 역시 복잡해져
만 가는 현 시대에 자연물에 대한 순진한 경탄을 기대하는 것이 어쩌면
무리인지도 모르겠다. 이제 엄격한 의미의 자연은 우리에게 오히려 이질
적이다. 가공되지 않은 그대로의 자연과 교유하며 길어 올리는 정서는
점점 더 현실과 멀어져간다. 그러나 문화예술의 어떤 분야에서든 아이디
어 고갈로 힘겨울 때 낡아 보이는 것을 뒤져 새롭고 번뜩이는 아이디어
를 얻는 일을 자주 보게 된다. 해 아래 새것이란 없으니, 새롭다고 부르
는 창조란 늘 어떤 식으로든 과거의 작업에 빚을 지고 있다. 전통 감성을
원료로 하여 다양한 서정의 색채가 빛나고, 오래된 정서를 바탕으로 새
로움이 돋아날 수 있는 것이다. 가공되지 않은 원료를 찾아 희석하고 섞
어보려면 원료가 다양하고 많을수록 든든하다. 과거 이해와 공감으로부
터 출발할 때 새로움이라는 확장과 재생산은 따라온다.

　한국문화예술위원회의 〈한국문학의 재발견–작고문인선집〉 시리즈

의 가치는 이러한 의미에서도 가늠해볼 수 있다. 모래 속에 숨겨진 유물처럼 빛을 기다리는 작품들에 제자리를 마련해주는 작업은 감상어린 추억에 젖어 빛바랜 기억을 쓰다듬는 애상적 회고가 아니다. 새순이 발아할 토양에 신선하고 기름진 양분을 수혈하는 일이다. 묻혀 있는 작가와 작품에 먼지를 털어주는 일을 넘어, 풍성한 결실의 가능성을 기다리며 새 그림이 그려질 원료와 토대를 마련해주는 일이다. 그러므로 작고문인들도 자신의 작품과 감성이 새로움의 원천으로 이용되는 것을 기꺼워할 것이라고 믿는다.

선집으로 꾸며진 작품집의 특성상, 중복 작품을 제외하고 편자의 기준으로 주요 작품을 우선 순으로 수록하였다. 작업 진행이 느리고 체계적이지 못한 편자를 도와 많은 부분을 보완해준 현대문학에 깊이 감사드린다. 여러 미비점을 지적, 조언해준 열정에 힘입어 작품집의 균형과 완성도를 높일 수 있었음을 고백한다.

2010년 1월

박선영

1. 이 작품집은 양명문의 작품 및 그와 관련된 자료를 묶은 문학 선집이다. 1부에서 6부까지 수록 작품은 시집 출판년도대로 『송가』, 『화성인』, 『푸른 전설』, 시선집 『이목구비』, 『묵시록』, 『지구촌』 순서를 따랐다. 첫 시집 『화수원』은 전문이 일본어로 되어 있고, 3인 공동시집 『신비한 사랑』의 경우 각 시집 수록작을 골라 엮은 것이라 따로 묶지 않았다.

2. 중복 작품의 경우 먼저 출간된 시집에 실린 작품을 기준으로 하였다. 한편 선집의 특성상, 분량을 고려하여 양명문의 작품 경향을 뚜렷이 드러내는 작품을 선정하였다.

3. 시어의 특성상 원전표기를 살리는 것을 원칙으로 하여 방언, 시인의 의도로 보이는 것은 그대로 두었다. 개정 맞춤법 이전 표기와 띄어쓰기로 판단되는 것은 현행 한글 맞춤법과 띄어쓰기에 맞게 다듬었다.

4. 원문의 한자는 이해에 어려움이 없는 경우 국문으로 바꾸고, 의미해독상 필요한 경우에만 국문 뒤에 병기하였다.

5. 원문에 명백한 오자가 있는 경우 바로잡은 후 각주(＊)로 처리하였다. 저자가 각주를 단 경우 편저자의 주와 구분하기 위해 원주로 표시하였다.

6. 시 원문에서 사용한〈 〉는 강조 표시 ' '로, 「 」는 " "로 수정하였다.

7. 작품 끝에 있는 날짜는 작가가 탈고한 날짜이므로 그대로 살려두되, 한자로 쓰인 연월일을 아라비아 숫자로 바꾸었다.

차례

제1부 송가

제2부 화성인

제3부 푸른 전설

제4부 이목구비

제5부 묵시록

제6부 지구촌

해설_ 결핍과 지향의 매듭으로 묶은 삶의 연속성 • 287

제 1 부   송가

독립송獨立頌

얼마나 얼마나 기다렸던고
해마다 말없이 피었다 지던
무궁화 무궁화처럼

드디어 드디어 왔어라
우리 하늘에 우리 태양이 솟아오르는
우리 강산에 우리 노래 높이 울리는
오늘은 오오 오늘은 왔어라

피 끓는 형아 날뛰는 누나야
자유와 해방의 만세 부르자
독립과 건설의 만세 부르자
머언 조상 분묘 속 백골이 흔들리도록

한없는 환희의 눈물 흘리며
우리 깃발 높이 날리우자
만세 만세 우리 조선 만세!

— 1945. 8. 16.

태양이 부른 노래

늬를 위해
아름다운 웃음을
내 웃으리라

이 벌에 양떼는
무리무리 뛰놀고
저 벌에 황소는 굵게 울어라

늬를 위해
우렁찬 노래*를
내 부르리라

영원한 영화
또한 늬들이 누릴지니
다만 힘을 합해 노력하라

늬를 위해
씩씩한 삶을
내 소리쳐 고하노라

| * 원전에 '노'로 되어 있으나 '래'자가 식자과정에서 탈자된 것으로 보임.

기름진 늬들 흙은
뜨거운 늬들 피로
오래 오래 지킬지어라

늬를 위해 오로지 늬를 위해
빛의 날개를 편 채
내 겨레를 축복하리라

나와 더불어 대기를 마시고
나와 더불어 크게 노래하라
늬들 넋엔 나의 빛이 가득 차리라

송년시 送年詩

영원히 잊을 수 없는 그대
이제 당신 앞에 몸을 구부리고
머리를 숙여 절하나이다

얽매임에서 놓아주신 그대
이제 당신 앞에
끊어졌던 악기줄을 다시 갈아매고
우렁찬 노래를 부르겠나이다

영원히 잊을 수 없는 그대
더할 수 없는 쓰라린 시달림과
갖은 고난 고통을 받던 피투성이를
활짝 풀어 놓아주신 그대

잃었던 나라를
잃었던 아버지를
잃었던 남편을
잃었던 아들을
잃었던 재물을
잃었던 생명을
도로 찾아다주신 위대한 그대
지극히 엄정하신 그대

삼천리 넓은 들에
무궁화 아름답게 피우신 그대
그대는 이 밤을 마지막으로 영영 가버리시나이까!

우리 하늘엔 가장 힘찬 태양이 솟았고
가장 찬란한 성좌들이 진陣치었나이다

우리는 퉁퉁 뛰는 심장을 부둥켜안고
당신의 주시는 꽃다발을 받았나이다

이제 당신 앞에 웅장한 문을
세우겠나이다
정성껏 제단을 쌓겠나이다

당신의 깔아주신
구원한 길을
인내와 용기로 나아가겠나이다
머지않아 평탄한 대도大道가 될
우리의 길을
힘차게 가고야 말겠나이다
씩씩하게 가고야 말겠나이다

우렁찬 우리의 노래는 만세는
노래와 만세 만세와 노래가 부딪치고 부딪쳐

거리를 울리고
마을을 갈기고
산을 울리고
바다를 뒤집고
하늘을 흔들었나이다

당신이 보내신 노래와 만세
오오 우리는 얼마나 울며 불렀을까요

영원히 잊을 수 없는 그대
그대는 이 밤을 마지막으로 영영 가버리시나이까!

대지 위에서 우리는 힘차게 외치나이다
1945년 만세!

— 1945. 12. 30.

오월의 노래

흙냄새 풀향기 풍기는
오월 벌판을 걸어온
젊디젊은 가슴에서 뽑아올리는 노래로
들과 산을 울려 오월을 노래합세

푸른 풀밭이니 좀 좋은가
황소 대신 저기 그네 뛰는 처녀의 노래를 걸고
씨름 한 판 떠봅세

쿵쿵 뛰는 가슴통 내밀고
너는 나처럼 나는 너처럼
행운을 담뿍 싣고 온 오월을 노래합세

오월 벌판엔 오월 농부의 노랫소리
오월 바닷가엔 오월 어부의 노랫소리
오월 강가엔 오월 색시의 노랫소리

망원경

어글어글한 두 눈동자에다
렌즈를 다궈 대이고
눈부시는 삼천리 벌판을 보살피는
아름다운 누이가 있어

너울너울한 머리카락엔
초여름 써늘바람이 풍기고
머얼리 뵈는 하늘가까지
파노라마는 펼쳐진다

모를 내는 농사애비의 무리무리
왼통 푸르러운 동산에 마을에
나부끼는 깃발 깃발

이처럼 삶의 즐거움을 머금은 날을
삼가 나날이 보살피는
아름다운 누이가 있어

산

기나긴 세월이 넘어갔다
바위밭 솔밭을 짊어진 채
산은 괴로운 체도 없이 태연히
푸른 기운을 호흡하고
이리떼 범무리 너구리 여우
독수리 꿩 메추리 까마귀
온갖 가족을 키우면서
아무 걱정 없이 아무 말 없이
산은 엄연히 앉아 있다
산은 지구를 지키고 있다
산은 하늘을 지키고 있다
기나긴 세월을 지키고 있다

과수원

1

새맑은 샘물이 흐른다
네 치마폭에 싼 가지가지의 과실을
방금 가지에서 따온
임금林檎 배 포도송이들을
이 샘에 띄우고
다시 한 번 쥐어보자
태양이 과실들을 오오 화장시킨다
너는 내 옆에 일어선 채
노래 불러도 좋다
아직 가지에 달리어 행복스럽게
흔들리는 실과들과 함께

2

까마귀떼는 버얼써
어느 지방으론가 가버렸다

3

귀뚜라미가 운대서

가을인가 보다만
과수원의 가을은 시방이 한창이다
저어 산山 넘은 공장벗들이 찾아오면
저기 저 나무 배를 따자
날이 저물거든
못에서 잉어라도 잡아내자

4

얼렉이를 몰아오자
아마 젖이 꽤나 불렀을 것이다

5

치마자락에 다시 싸라
집으로 가자 다락으로
달이 뜨면 포도즙도 짜고
서너 줄 노래도 써보고
영천암靈泉庵 쇠북소리 들려올 무렵
달구경이라도 하면서
네 모습을 다시 선보기로 하고
북쪽 하늘 밝은 달빛에 젖자

살림살이

내가 모르는 그 옛날부터
검푸른 바다 속 그 밑창에는
산호 가지가지 돋아났고
조개 속엔 진주알 깃들여 왔소

태양은 노상 태양대로 아름다웠고
사슴은 수놈 암놈이 곱게 놀아왔소
희디흰 배꽃은 뒤뜰 안에 고요히 피고
붉은 관 쓴 수탉울음은 역시 평화스러웠소

내가 세상을 살고 있는 오늘에도
진달랜 진달래대로 피고
도라진 도라지대로 피는데요

살림살이가 안 될 리 있겠소
우리 강산 우리 손에 돌아왔는데
들구짱 놓구짱짱 베만 짭시다

풍경

밭 잘 간다는
덕석부리 영감이 앞장을 서고
베 잘 짠다는 며느리 동세끼리 뒤서고
검정개를 데리고 지팽일 짚은
고집쟁이 할머니도 뒤달리어
오리나무 널니리 서 있는 마을 앞길로
모두들 줄지어 밀려나오네

청청한 솔문엔 태극기 나부끼는데
선거장에선 엄숙한 기침소리 발걸음소리

진정한 인민의 대표를 뽑아 내세우는 이날
이 마을 저 마을에서 울려나오는 만세소리

초가집 기와집 할 것 없이
집집이 깃발을 띄워놓고
삥 둘러선 마당마당에서는
꽹과리 새납 삘리리 꿍땅
춤 잘 추는 갑덕이 고깔을 쓰고
왼다리 들석 오른팔 들석
춤을 추며 돌아가네

어헐시구 두둥둥
엘 화 만 수—

— 1947. 1. 31.

손

고무신을 붙이는 손
함머를 잡는 손
구루마를 끄는 손
괭이를 쥐는 손
붓을 드는 손
낫을 잡는 손
베를 짜는 손
닻을 감는 손
핸들을 잡는 손
주사기를 드는 손
책을 펴는 손
깃발을 울리는 손
손과 손이 꺽 그러잡는 악수하는 손
이러한 이 모든 손 손 손 손 손 손 손들이
하루 세 때씩 일제히 밥숫가락을 든다
이 손들을 펴서
우리의 새 나라 완전독립을 위해
거룩한 세금을 바치는 손 손 손 손 손

태극기 펄럭이는 거리거리에서 마을마을에서
나라를 사랑하는 사나이들 또 누나들이
손을 손을 높이어

사자처럼 용감히 외치고 있다
정의의 불길이 그들 입에서 타나오듯이
외치며 호소한다
가슴에 손을 대이고 생각해보라
내가 바쳐야 할 납세는 다 바쳤느냐고

이때
손과 손이 박수하여
우리 하늘을 울리우는 수많은 힘찬
손 손 손 손 손
바다물결은 노상 늠실렁거리는데
공장 굴뚝에서는 시꺼먼 연기가
쿨 쿨 자꾸 올라간다

할아버지

해마다 3월 1일만 돌아오면—
용속 밑 깊이 넣었던
피 묻은 피 묻은 저고리를
어머님은 떨리는 손으로 꺼내어 놓고
우리들은 그 앞에 꿇어앉아서
남몰래 가슴 태우며 울어왔다
"조선 독립 만세"를 부르며 돌아가신
할아버지의 피 묻은 저고리 앞에!
무늬무늬 수놓은 피무늬는
지금 아름다운 꽃봉오리로 피어난다
오오 거룩한 꽃송이로 피어난다

추석

감파란 가을 하늘 아래
오곡은 무르익어
황금파 치는 추석 한가위

봄내 여름내
지어놓은 결실한 농터에
즐거운 추석이 왔다고
기장놋티에 녹두지짐 지지고
찻떡에 백설기 찌어놓고

마을마다 집집이
고소한 기름냄새 풍기는 추석

그 어느 시절 추석이
이렇듯 즐거웠드뇨

새로 지은 기와집 기왓골에는
새밝안 당추를 한 망판 널어놓고

목화밭 아주까리
너울너울 춤을 추는데
모두들 새옷 입고 성묘 간다네

이렇듯 북조선 농터는
즐거웁기만 하오

칠석날

박넝쿨이
뻗을 대로 뻗어올라 맞얽힌
초가집 지붕 지붕엔
동이 같은 박들이
덩실덩실 앉아 있는데

마당엔
밀짚장석을 깔아놓고
강냉이랑 수박이랑
한 광주리 내여다놓고
견우직녀 만난다는 칠석날 밤을
모두들 즐기며 이야기하네

이만하면 올핸 풍년이 틀림없어
영철이도 껄껄껄 흥에 겨워서
올가을엔 장가들 갑순이더러
어깨를 툭 갈리며 건니는 말이

자네는 팔자 좋아 정말이지
이렇게 좋은 세월 또 어디 있나
내가 장가갔을 땐 고약한 세상
놈들의 악독한 공출 때문에

떡 한 짝을 맘대로 못 먹었다네

조롱조롱 맺힌 별은
옛날 일을 다 알고 있다는 듯이
견우도 직녀도 반짝거리고

모기쑥이 푸울풀 연기를 뽑아
호박넝쿨 아래로 날아가는데
밀제비국 한버치 끓여가지고
마당으로 나아오는 웃는 칠성네도
이 가을엔 새방성으로 시집을 간대

개똥불이 호올홀 날아오고
삿부채 붗는 손 한가로운 밤
하늬바람 수수밭을 서글서글 지날 때
어디선지 처량하게 단소소리 들려오네

단오
—사투리로 부른 노래

건네[1] 뛰든 건네 잘 뛰든 우리지—ㄹ카[2] 소리티군 깔짱구루티 차 방울 잘 차든 색시들. 안꼴 솔 목꼴 새방성 베기섬 문동안 독쟁이 오수기 딴둘기 원말 돌쿠리 배콜 궤살 곤누꼴 원구리 번게 물모루 구룰 반석 빈댕이 쵠댕이 원땅 상골 사골 집난이 베두 잘 쫭구 김두 잘 매구 타령두 메나리두 기나리두 잘하든 집난이들 메누리들은 다덜 어디캐 됐노.

단당이 휘친 휘친하게 쌍건네 잘 뛰든 모본단 댕기랑 오복수 댕기랑 디리구 새빨간 새파란 샛노란 알락달락한 무대소 꽈리 뽀두두둑 빠가각 잘 울리든 체니들. 물두 잘 깃구 다디미두 잘 하구 바누질이랑 니애기랑 하다간 웃기 잘 하든 체니들. 특실이 확실이 자근네 간다이 삼네 탐네 우개미 곤네 보비 옥네 먹시기 쌍뎅이 칠성네들은 다들 어디캐들 사노.

아이 못 낳는 에미니들 대레 멕이문 아이 잘 낳는대는 일모초[3] 딱 단 엣때 뜯으야 듣는대는 일모초 잘 뜯든 할만 둥매두 잘 하구 아이두 잘 츠구 국수랑 엿이랑 제비꾹이랑 잘 먹든 오록조록한 꼬부랑 할만은 아마 죽었을꺼야.

시럼[4] 잘 하든 마룻시럼 잘 하든 백항소랑 광목이랑 상 잘 타든 배지개 잘 들든 삼춘 밭두 잘 갈구 드러리랑 새갈이랑 잘 하구 수싱게랑 낭산

도랑두 잘 하구 개장꾹 잘 먹든 갑덱이 외삼춘두 이전 넝감 됐때.

동네 갓난아이덜 경풍 늘문 꼭대기에 뚬 놔주든 약쑥벼 다으레 단엣 날은 벼다가 한타레씩 엮어 매달든 총감투 쓰구 날바디두 쾌하구 메터두 무더니잡든 할반 제사집 일이랑 축두 잘 부로구 술두 잘 먹든 할반은 정말 죽었때니긴. 억울하게 죽었때니긴 이리캐 도훈 북조선의 살림살이 재미두 못 보구.

고사리나물 좀 비베먹구서 초록대자 허리띠 즐리매구서 머리채 새까만 머리채 츠렁츠렁하든 큰방 아지미 한데 장풍이나 한아름 벼다 줄까바.

— 오월 단오 아침

솔멧골

평풍바위 둘러싸인 뒷장산
꼬부랑길 가늘게 기어올라가고
그 밑엔 밤나무 우거지고

메밀밭 아랜 동굴배미
목화밭 아랜 긴 배미
봄마다 뻐꾹새 찾어와 우는 솔멧골

풀밭엔 흰 무명 필필이 널었는데
오리나무 널니리 서 있는 마을 앞길로
달구지 몰고 모는 목소리 거센 장정군

저이가 남편이지요
뽕밭재 넘어 벌동네서 자라난 나는
솔멧골 이 동네로 시집을 왔소

솜씨껏 내 솜씨껏 베를 짷구요
큼직한 첫아들 낳아놓구요
이 솔멧골 내 터를 지키렵니다

나들이

목화꽃 나부랭이가
하늬바람에 나물거리는 날
채통엔 밀문지 싸서지고
구럭엔 묵은 암탉 묶어들고

나들이가는 뒷마을 갑덕이
처갓집 가느라고 본갓집 보내느라고
칠월 집난이 데리고 가네

거리의 노래

밀물을 따라
조개 주우러 밀려나아가는
끌끌한 누나들처럼

이 아침 거리거리엔
길은 길마다 메어차나오고
전차는 전차마다 만원이 되어

제각기 제 직장으로 나아오는
힘찬 무언의 행진은
가을 아침 햇살을 받아 빛난다

억세인 의지를 꼭 다문 입들
재빨리 내딛는 발길 발
앞을 다투어 헤치고 나아가는 어깨 어깨

민주의 탄탄한 대로를 활보하는
오오 환희에 넘치는 아침의
랏슈아워—

인민경제계획의 싸이렌이 울리면
공장은 굴뚝마다

검누른 연기를 뽑아올리고
거리는 웅장한 교향악을 시작한다

— 1947. 9. 24. 아침

바다의 노래

끝없이 푸르른 하늘 아래
가없이 검푸른 바다 위엔
민주의 우렁찬 돛폭을 달고
어기어차 뱃노래도 억세인
어부들의 씩씩한 기백

태고적 어족들이
자유롭게 꼬리치며 밀려다니는 바다
헤아릴 수 없는 막대한 자원을
간직한 바다
바다야
민주의 역량으로 너를 응당
바다답게 대접하리라

아알각 무리져
해면을 떠도는 고등어떼
감푸른 바다 위에 여기 또 저기
무늬무늬를 놓으면—
바닷바람에 철옹송처럼
튼튼해진 어부들의 가슴엔
진정 붉은 피 소용돌이친다

어기어차 어기어자차 고등어떼야
어디를 가랴 저놈의 고등어떼
방방곡곡의 인민의 식탁에로
보내야 할 저놈의 고등어떼야

오오
한없이 즐겁기만 한 바다
늠실렁거리며 춤추는 물결 위를
우렁차게 뱃노래 부르면서
인민경제계획을 기어코
훨씬 넘쳐 완수하려는
철석같은 의지의 놋소리 닻줄소리

천길 깊이 뛰어들어
해벽海壁 헤치여 헤치며
진주 산호를 아름 캐낼
만만한 자신에 벅찬
바다의 사나이들

아아 바다는 바다는
자연을 극복하는 광대한 투쟁장
무진장한 자원을 획득하는 영원한 생산장
가지가지 보물이 가득찬 보고寶庫
또한 자유로운 낙원

장엄한 음악을 파도쳐
뱃노래를 반주하고
표연한 해풍이 불어와
진실한 삶의 환희를 맛보는
양양한 해원海原의 생활

찬란한 금빛 태양의 방사를
온몸에 받아 눈부시는
참다운 환희에 넘쳐흐르는
적동색 얼굴 얼굴엔
저저마다 바다의 영웅인 양
콧김은 세차고 세차
훨훨 나래치는 갈매기
의손으로 덮칠 듯
강철 같은 팔다리 긴장한 어부들

배는 배마다
산데미처럼 쌓아올린
고기데미 고등어데미 싣고
쿵쿵 북소리 울리우며
항구로 돌아오는 어선들
거세인 함성과 아울러
어기어차 소리 잦아오는
민주조선의 어항엔
태극기도 줄기차게 나부낀다

끝없이 푸르른 바다에로
또다른 어선들이 출범의 돛을 달고
번갈아 나아가며
더 한층 우렁차게
어기어차 뱃노래 부른다
어기어차 노를 젓는다

동지
-방언시

양녁 멩질이나 쇄서 가렴
이리캐 날두 추운데

야 새—ㄱ아
그 왜 찹쌀 있띠 왜
니 찹쌀 가루루
몽뎅이나 비자라
동지가 널인데 죽이나 쑤럼

달구지 박구는
눈길을 굴러간다
달가당 씽강삑깍 굴러간다

땅버들 냉기엔 까치가 우는데
새색시 뙈리엔 어럼이 엘린다

볏나까리 높구 우물 깊은 동네
눈 덮인 초가집 굴뚝에서는
동지죽 쑤는 연기가 쿠울쿨
자꾸 올라간다

달구지

오리나무 닐니리 서 있는 마을 앞길로
모두들 흥에 겨워 양산도를 부르며

차례차례로 굴러 나아가는
현물제 실은 달구지들

누구보다도 먼저 바치겠다는 애국심에
갑덕이도 영철이도 춘삼이도 앞을 다투어

뻔지르르 살찐 황소를 앞세우고
봐라 하는 듯이 몰고 나아가는 달구지

봉선화랑 백일홍이랑 핀 뜰 앞에서는
발씬발씬 웃는 아주머니들 애들을 안고

줄지어 나아가는 달구지떼를 바라보면서
마을의 자랑을 이야기하네

이처럼 즐겁고 풍성한 살림살이를
이 동산 농터에서 살고 있는 오늘도

힘차게 굴러 나아가는 달구지ㅅ소리

목소리 갖추어 부르는 양산도ㅅ소리

— 1947. 8. 8.

제2부 화성인

선線

선을
그으며
끌며
나는 자꾸
내 종점을 향해
뻗어나아간다
얄궂은 곡선
시들어 지친
가냘픈 슬픈 선
어처구니없이
마구탕 기어나아간
낭만의 유선

무섭도록 엄숙하게쯤
뻗은 애정의 직선

외로이
어제도 오늘도
뻗어나아가는
슬픈 선이여!

두 갈래

세 갈래로
갈갈이 갈리질 듯하면서도
한 줄기로 뭉쳐 뻗어나아가는
날카로운 선 맨맨 끝에
할딱거리는 내 생명이
달음질치고 있다

땅속 깊이
스며든 물이
지맥을 타고
무지무지한
바위틈을 새며
흘으드키
내 선은
쉴 줄을 모른다

모든 선을
뚫고 나아가는 선

영원히 고여
흐를 줄 없는
죽음의 심연에
흘러 빠지기까지
아무도 그 무엇도
정지할 수 없는 이 선

선은
시간을 잡아먹고 있다

그어진 선은
바로 시간의 시체로다

바다를 건너가는 선

산악을 기어오르는 선

번화한 거리를
골목골목을

배회하는 선

히죽 버룩
피어 우거진
꽃밭을 헤매며 희롱하며

초TEMPO로
초RYTHOME로
뻗어나아가기만 하는 선
           ·

앞길에 장애물이 있으면
강렬한 독소를 방사하는 선

선은
걷잡을 수 없이
꼬리치며 자꾸
뻗어나아가고 있다

그어지는
이 선을
엄밀히 감시하는
또 하나의 나를

다른 또 하나의 내가
지키고 있다

선이여!
끝없이 슬픈 날에도
표적을 향해
힘차게 뻗으라

탑

층층이 쌓아올린
오래인 세월 속에

비바람 찬 서리에
살이 깎기고 여위여

오히려 해말쑥해
너그러움을 지닌 듯한 탑

그 앞에 조용히 서서
귀를 기울이면

그 속에서 들려나오는 듯한
옛 조상들의 엄숙한 기침소리
몸을 뒤채겨 돌아누웁는
나즉한 신음소리

하늘엔
공기를 갈아 뿌리는 듯
제트기가 날아가는데

문득

돌담벼락을 열어제끼며
노여움에 찬 어조로
꾸짖음을 퍼부을 것만 같은 두려움에
조심스레 물러나
한 발자욱 옮겨드디다

층층이 쌓아올린
기나긴 세월 위에
탑은 태연히 솟아 있다

호수 속에서

가물가물
푸르고 차거운 이 호수
꿈결 속인가
나는 내 힘껏
헤엄쳐 나아간다

내 옆엔
아무도 없는 것 같다
기실 다른 것에 정신 팔릴
그런 여유도 없다

내 있는 재주를 다 부려*
헤엄을 쳐 나가건만
좀처럼 나아가지지를 않는다
몸부림과 물장구를
한꺼번에 친다

내 다리를 그냥
물속의 그 무엇이
잡아쥐고 당기고 한다

* 원문에 '부러'로 되어 있으나 오식인 듯함.

겁이 난다 찔린다

발악 같은 헤엄을 친다
아, 찔린 뒤에 오는 서글픔
서글픔 다음에 오는 분노
또 하나의 미소, 조소

아, 저기,
저, 푸른 풀밭엔 글쎄
내가 먹을 것과 마실 것이
저렇게 호화로운데—

수를 놓은 듯 차린
저, 나의 향연
침대와 시원스런 잠옷

놓아라! 이 물귀신아
나를 놓아라 제발
놓아다우

잔등엔
어름도 살어름이 백힐 듯
호수는 차거워만 온다

이 차거운 경鏡

아, 저 호사스런 언덕에선
낯익은 소녀가 노상
앞치마를 두른 그 소녀로다

이러다가는 필경엔
거울 속에 백힌 채
그냥 화석이
화석이 되는 것이나 아닐까

푸른 비둘기

바다가
초록빛 명주 포장으로 깔린
봄날인가 조용한 이 언덕

옛 추억이 잠든 낡은 이 사원
마당귀 빈 허청깐 안 같은
어둑침침한 한구석에

백살은 넘겨 살아온 듯
요물스런 깔따귀 노파는
무슨 주문인가 들릴락말락한
씨부림으로

이끼 낀 돌절구 깊숙한 확〔臼〕 속에
"나"를 집어 틀어박었는지
"내"가 스스로 도사리고 백였는지

묵직한 돌절굿공이로 노파는
"나"를 드립다 내려찧는다
으스라져라 드리 내려찧는다

독기서린 노파의 두 눈깔에서

쏘아나오는 보오얀 빛
희푸른 안개빛이여!

피와 살과
뼈다귀와 골수는
사방으로 마구탕 튀여난다

해는 노상
바다와 물결과 구름을
온통 핏빛으로 물들이는데

이때
절구 속으로부터인지
푸른 비둘기 세 마리 푸드득

무슨 숭엄한 풍악이 울려오는
신비롭게 물든 구름짱을 향해
나래쳐 나래쳐 날러간다……

느티나무

할아버지가 심은 느티나무
함께 자라던 느티나무를 쓰다듬으며
새파란 청춘은 집을 떠났다

― 울었다…… 혼자서
― 웃었다…… 벗들과

원한이 설엉킨 가시덤불 속에서도
그래도 끊임없이 노래를 불렀다
새들과 나비와 구름과 꽃과 이슬과
별과 꿈과 허무와 더불어……

때로는 깊은 산 산속에서 나무들을 부여잡고
때로는 바닷가 모래밭에 몰려드는 파도를
얼싸안고 울며 울부짖으며 노래를 했다
상처를 입은 사자처럼

― 울었다…… 혼자서
― 웃었다…… 벗들과

육십 평생을
집도 아내도 자식도 없이

안개와 같은 담배연기를 내뿜으며
뜬구름 같은 인생을 그대로 인생했다

이제 그 느티나무를 다시 찾아온
노시인은 어버이를 어루만지듯
느티나무를 어루만지며

회갑을 맞이한 느티나무와
회갑을 맞이한 늙은 시인은

감푸른 초가을 하늘 아래
말없이 울며 서 있는 것이다

— 공초시백空超詩伯의 회갑을 맞으며

SONATA

구름봉아리 위에
솟아오른다 달이
두둥 두둥실
솟아오른다

만면에
수심과 비애와 신비를
내뿜으면서―

묵묵히
암흑에 잠겨
영원을 속삭이는
추상서린 묏봉아리들을
어루만지면서―

그러나 그것은
꿈과 낙망과 참회에서
환희와 소생에로
맞받아 솟구쳐 치솟는
힘찬 선언이어라

마른 갈꽃이 흔들리고

기러기떼도 줄지어 날라들어
한 폭 그림을 표정하는

또 그 무슨 비장한 가락이
가슴복판을 치밀어 쥐어트는
밤음악을 비저 내인다

인간의 태고적 살림살이를 마련하는
진실함이여

이 밤에
사랑하는 사람아
자칫하면 까무라치듯
잠들어버릴 이 밤에
그대 귀 기울이시는가
이 존엄한 풍악소리에

구름짱 뚫고 헤치며
솟아 솟아오른다
둥 두둥실
달이 솟아오른다

무곡舞曲

육체와 정신이
따루따루 산다

태양이 분명 태양이
새벽하늘을 태운다
무섭게 탄다 무섭다

구름떼가 머흘거리며
방황의 춤을 마련한다.
바다물결이 무의미한 군무를 시작한다

사상과 사상이
육체와 육체가
지루하게 맞선 그 살벌한 공지에

포砲와 포가
그 숫한 포끼리 포신을 뽑아
대결한 그 사이 폐허에

삶의 생명의 사랑의
사랑의 춤은 계속된다

포탄과 포탄이 난무한다
온갖 것이 광무한다
튀어오르는 살덩어리
엉켜흐르는 선지피 피탕수

불벼락 속의
육체들의 꿈틀거리는 얄궂은 율동

숫한 야만들의 불칼날들이
소박한 지성들의 푸른 깃발들이

자욱한 포연 속에
번뜩거린다 펄럭거린다

아우성 마지막 절규
"날 살려라아!"

폭풍우 속의
얼빠진 육체들의 막막한 행렬

육체와 정신이
제마끔 산다 이따끔 만난다

그래도 새들은 제소리대로 노래 부른다
그래도 철따라 꽃들은 피고야 만다

또 한 송이 장미가 곱게 핀다
삭막한 내 풍토에

장미가 정녕 장미가
지금 네 가슴속에도 피어나고 있다
향기로웁다

화성인

회오리바람에 휩싸여
은빛 머리카락 휘날리며
그는 이 땅에 나타났다

파라우리한
신비로운 광선을 방사하는
비취빛 푸른 눈동자

그는
엄밀히 단정斷定한다

★

과연 늬들이 살고 있는 자연은
끝없이 아름다웁다
불어오는 선들바람이며
흘러내리는 맑은 시내며
제멋대로 솟아 있는 푸른 산이며
산골짝에서 잠자다 일어나는 구름이며
그 밑에 발을 세워 버티는 무지개며

예서 바라뵈는
찬란하고 황홀한 태양이며
구름밭을 굴러가는 말쑥한 달이며

보석처럼 반짝이는 무수한 별들이며

푸른 물결 파도치는 감푸른 바다며
그 밑창에 흐늑이는 온갖 해초며
산호며 진주며
꼬리치고 춤추면서
밀려다니는 가지가지의 물고기들이며

온갖 나무와 꽃과 나비와 열매와 풀잎과 풀잎에 맺혀진
이슬방울이며
땅속 깊이 묻히어 쌓여 있는 허다한
광석이며 금이며 은이며

여기에 어울려
나래치며 지저귀고 노래하는 온갖 새들이며
꼬리치며 네 굽 놓아 뛰노는 짐승들이며

이것은 모두가 모두
정확한 질서와 율법과
깨끗한 생장과 성숙과
완전한 조화를 이룬 곳
너들의 살림터인
아름다운 별인 이 지구

내 눈은 다시 감았다 떠서

늬들의 정신과 육체를 투시한다
더운 피 늘름거리며
퉁퉁 뛰는 심장을 본다
신축하는 허파며 위장이며
번개질치듯 하는 신경줄이며를

오만한 기억과 슬픈 곡절이 맞얽히고
온갖 더러운 것들과 가지가지의 총명한 인식을 깃들인
늬들의 뇌 속을 나는 본다
늬들이 가진 놀라운 재주와
시간 공간을 헤엄칠 줄 아는 지혜를
이리하여 나는
늬들에게서 새뜻한 아름다움과
온갖 사악을 나는 본다
이리하여
내가 권하고 염원하는 것은
오로지 한 가지—그것은

"모—세"의 율법을 지키라고
"모—세"의 율법을!
늬들은 인간이기 때문에

회오리바람에 싸여
은실빛 머리카락 휘날리며
구름 같은 안개와 신비로운 향기를 남기고

그는 사라졌다
텅 비인 푸른 하늘로

거리距離

1

사람들이
오구구 모여
오고 가고 왔다 갔다 한다
지껄이고 웨치고 울고 웃고 울부짖고
지랄발광을 한다 야단이 났다
나는 여기를 꿰뚫고 빠져나아간다
아는 이들이 많다 안타까웁다
모두 내 동족임엔 틀림이 없다고—
생각해본다
바다가 보인다 "조국의 바다"다
바다를 바라보는 것은 좋은 일이다

2

멧기슭에
농가가 몇 채씩
그것도 가다가 한참씩
떨어져 몽켜 있다
포풀라가 닐니리 서 있다
사람이 지극히 드물다 조용하다

풀냄새와 흙냄새가 몸에 배인다
좀 정신이 든다
맑은 시내가 소릴 내며 흐른다
쏟아져 내려오는 별송이들이 곱다
무섭다. 아는 이가 없다 밤이다
나는 이 촌락을 벗어난다
모두 내 하늘의 별들임엔 틀림없다고—
생각해본다
별을 쳐다보는 것은 아름다운 일이다

3

산이다 높다
해가 더 잘 뵌다
하늘을 쳐다본다 그냥 높다
신선한 바람이 자꾸 불어온다
온몸을 쐬인다 깨끗하다
사람들이 꽤 많다
모두 흙빛 옷을 입었다
포砲가 하늘을 잡아 흔든다
그냥 흔들었다가 놓는다
산악이 무너진다 사람이 사람들이
죽는다 틀림없이 죽는다
눈알에 독이 서렸다 타오른다 빛난다
입들을 꼭 다물었다 피가 내배인다

산이 갈피져 쌓여 나아갔다
나는 더 높은 데로 올라간다
고향이, 아아 내 고향이 보이는 것만 같다
고함질러 불러보고 싶다 소용없다
하늘은 참 고웁다 그만 서럽다
나는 여기에 서 있다 귀 기울리면 고향이 들려온다
고향을 생각하는 것은 슬픈 일이다
예서 더 갈 수가 없다 답답하다

축혼가祝婚歌
― 내가 향기로운 술과 석류즙으로 너를 마시게 하리로다 (아가雅歌)

천년을 늙지 않는
감푸른 동해 바다가
늠실렁거리며 한바탕
춤을 추는 이 아침에
꽃송이 꽃잎 꽃가루를
향기 흐뭇이 뿌리며 뿌리며
신비롭고 황홀한 이 길로
경건히 인도하는 두 어린 천사

오, 너 항란이가 아니냐
넌 또, 구홍이가 아니냐

끝없이 열려져 펼쳐진
푸르디푸른 이 벌판길을
그 어느 앙리 · 루쏘오의 그림 속에 나오는 것과도 같은
성장한 신랑 신부가
꽃다발을 안고 사뿐사뿐 걸어나아간다

좋다!
우러러 바라보아
하늘이 하늘대로 푸르고
발을 궁굴러 밟아

땅이 땅대로 흙냄새를 풍기는 한

사람은 사람답게
사랑을 속삭일 수 있는 거다

타다 남은 토담 밑에도
국화는 누렇게 피고
자류柘榴는 붉게 익어 터진다

마사져 흩어진 개와장을 밟고 넘어
우리는 어깨를 겼고
힘차게 노래 부르며 처억척 나아간다
웨이딩 · 마아취에 발을 맞춰라

이 길은 햇살이 파악 퍼지는
저 동쪽 하늘 밑으로 뻗어나아간
백년가약의 길이다

이 길은 싱싱하고 우렁찬 그 무슨
숭고하고 장엄한 앙리 · 뷰우탕의 음악이
울려오는 길이다

그저 그저
신이 나는 길이다

연가 連歌

★

이렇게 잠시라도
먼지와 번잡과 연기를 벗어나
삑삑히 들어선 이 밀림 속에서
하늘을 가린 이 상록수 가지며
바위와 바위틈을 새어 흐르는
새맑은 시냇가에 서고 앉고 하여
이 가을의 오후를 조용히 즐기는
이 모든 복된 삶도 또한
당신이 있음으로서 이루어지는 것입니다

★

아아 그 바위 위에 앉으신 당신의
흰 어깨를 어루만져 껴안기에는
나의 손과 팔과 가슴은 너무나
너무나 마차졌던 것만 같습니다
그리고 나의 뺨도 입시울도……

★

불이 붙는 듯한 단풍가지를
한아름 안고 오시면 진정
나의 가슴에도 또다른 불길이 타올라
금시에 무슨 일을 저질러놓을 것만 같은
그러한 두려움이 나를 떨리게 합니다

★

조용히 이 가을날을 걸어갑시다
먼 지난날의 얘기와 고향 생각도 해가며
이 깨끗한 푸른 기운을 마음껏 마십시다
저물어가는 이 마가을이 하자는 대로
조용히 걸어갑시다

바위와 나무와 잎새들처럼
그저 소박하게 바르게 살아갑시다
우리네 삶이 이렇듯 깨끗해짐을
우리는 더 경건한 마음으로 깨닫고
이 우주의 숨소리에 귀를 기울입시다
얼마나 커다란 사랑이 이 속에 오가는 것을
우리는 알아야 합니다

신아가新雅歌
 — 떨어져 나가 앉은 산 위에서 나는 그대의 이름을 부르노라 (소월素月)

1

암만 보아도
아무리 생각해도
수수꺼끼*로구나!

봄날 저녁 서산마루에 노곤히 곤드라져
나가자빠진
노랑물 빨강물이 뒤섞여 물든
고 신비로운 구름필 같기도 하고

2

그 어느 낙엽 지는 가을날 밤
고요한 방 안에서
간지러웁게스리 내 귓박죽을
근지며 노상
눈을 사르르 감은 채 속삭여주던 처녀
꼭 혜란惠蘭이 목소리처럼
보드러운가 하면

---

* 수수께끼.

3

눈보라 휘몰아 쳐오르는
산마루턱에서
갈 길조차 아득히 잃어버리고
뒤로 옆으로 모짜로 비틀 배틀
나가 어푸라지던 겨울날
그 흐리텁텁한 하늘 아래서
해매이던 것 같더니

4

갑재기
와지끈 지끈 와르랑 재애끈 딱 보글보글
우르랑 쾅!
노성벽력에 하늘이 무너지고 땅이 쩌개져 빠지는 듯한
그 어느 여름날 장마철 같다가

5

새란 샌 제마끔 제소리로 재꺼리고
밀밭 보리밭에 푸른 물결이
흐늑흐늑 흐느적이며
실버들 실실이 늘어져 이리저리로
살랑살랑 춤추고

꽃향기 풀향기 풍겨오는데
노랑나비 범나비 나불나불 희롱하며
시냇물 촐랑 촐촐 흘러내리는 봄날

말문한 푸른 풀밭에 양의 무리 떼지어
줄지어 몰려나오는 들에
목동의 피리소리 한가로운 날
천사의 합창소리 거룩히 들려오는 듯한
그 어느 봄날

                    6

가슴에 들장미 꽃을 달고
나는 내가 가장 사랑하는 영이英伊를
내 품에 살포시 껴안고
다디단 그리면서도 약간은 떨리는
입맞춤을 하던 그때처럼 행복한가 하면—

                    7

비애의 절망의 밑바닥으로
그야말로 공중거리로 떨어지는
이 세상의 마지막 날인 양
숭고하고도 장엄한
그 터무니없이

허무한 너!

너는 대체 무엇인가
아무리 생각해도 신비로운 너
너는 끝끝내
수수꺼끼로구나

칠월의 노래

진달래 붉게 피는
춘삼월이 오며는
고향에 내 고향엘
돌아가게 될 거라고

밤이면 밤마다
푸른 별 총총한
북쪽 하늘 우러러
북두칠성만 바라보다가
두견이 애끓는 듯 우는 사월도
남빛 창포꽃 곱게 피는 오월도
고된 꿈결 속처럼 지내가고

밀 보리 누른 향기
왼들에 풍기는 유월이 와서
고향에 돌아갈 가망은 커만 갔는데

이제—
집난이들 묵은 암탉 묶어 들고
나들이 가던 칠월은 왔는데—
고향은 내 고향 갈 길은
가로막혀버리는가

아주 막혀버리는가

흰 머리카락 성성하신
내 고향 어머님들은
어제도 오늘도
녹두나물처럼 파리하게 여윈
손주들의 손목을 붙잡고

무너진 방공호 흙무데기 위에 서서
남쪽 하늘만 바라보실 테지
남쪽 하늘만 바라보실 테지

몇 달만 있으면
다시 밀어치운다고
큰소릴 치며 보따릴 싸지고
남으로 남쪽으로 달아나온
아들들이 떠나간 곳
이 남쪽 하늘만 바라보실 테지

닭 잡구 밀제빗국 끓여먹던
내 고향 칠월
칠월도 그리운 채 지내가는데
내 고향 갈 길을 누가 막는가
내 고향 가는 길을 누가 막는가

세종로에서
―묵형默兄에게

이렇게
마가을 날씨는 쌀쌀해오고
서리찬 하늘은 높아만 가는데
내 고향은 아직도 멀구나
북녘땅 오백오십리

이 넓다란 네거리에 서서
가만히 내 나이를 생각해보니
방금 노오랗게 물드는
서쪽 하늘에 설엉기는 구름떼처럼
숫제 서글퍼지기만 하누나

사십 평생에
내 무엇을 누려왔던고
뒤돌아 돌아보아
텅 비인 내 과거를
그 무엇으로도 탕감할 바이 없구나

꼬리에 꼬리를 물고
줄지어 달리는 자동차 자동차
재빨리 내닫는 시민들의 다리 다리

회각을 불며 불며
방향을 손질하는 여경女警의 손끝에도
석양 노을은 곱게 물드는데

내 이제
어느 으슥한 골목의
불고기 약주집으로 들어가
한잔 약주를 마시려 하는데

보수동寶水洞 산비탈 화실에 홀로
인간구도와 대결하여
심각해 떨리는 화필을 잡고
엄숙한 시간을 깎아 아로새기는
네가 노상 그리워진다

낯선 마을에서

노오랗게 물든 실버들 잎들이
노오랗게 떨어지는 박우물가에

노랑저고리에 자주깃
자주고름을 날리며

볼이 볼깃한 처녀가
물을 긷고 있길래

냉수 한 바가지를 청했더니만
대답 대신 어디선지 쿵 포砲 소리가 울려오는데

마가을 파아랑 하늘이 서린
맑은 샘물을 한 바가지 떠서 주데요

바가지로 마시는 물은
어찌 이리도 단맛이 나는고요

한 모금 마시고
처녀 얼굴 쳐다보고

또 한 모금 마시곤

한 번 더 쳐다보는데

노랑버들잎이
바가지에 납신 날아들고

처녀의 어글어글한 눈동자는
샘물처럼 맑아지면서

맑게 솟아오르는 것이 있었다
마시고 싶도록 맑은 것이었다

동구 앞 누우런 땅버들 낭기에선
낯이 설다는 듯 까치가 짖고 있었다

— 어於 서부전선西部戰線

부두의 만가挽歌

파도 남실거리는
물빛 고은 날씨다

복징어 배를 닮아
터질듯 팅팅 부른
생선 아닌 동수의 몸때기가

그 무슨 인연을 하소연하듯
둥실 떠 이 부둣가를 맴돌고 있다

동수 동수
불러도 대답이 있을 리 없다

여기저기에서 다리들을 뻗고 앉아
허리춤에 손을 쑥 디밀고
북적북적 긁고는
장지손가락 그 까아만 손톱눈에
보리알 같은 왕니가 끼어 잡혀나오면

엄지손톱끼리 맞대고 튀기는 소리
찌끈 툭 소리가 들려오는
이런 춤에 끼어서

부두 노동 대낮 점심을
그래도 점심이라고 허기가 나서
딸년이 지어 싸준
납짝보리 쥐역밥 한 덩어리를

든 손목을 추며 넘기고 나서는
녹작지근한 낮잠을 자고 나던
껌은 눈섭에 콧마루가 높던 윤동수
동수가 제삼 부두에
빠져 죽었다

죽는 건 그리 원통치 않아두
풋풋한 서른네 살 나이 아깝다
고향 황주黃州선 손곱이에 들던
한땐 콧김 세던 동수였는데

육·이오 동란에 남쪽을 찾아와
시궁창물 같은 기름 뜬 물에
빠져 죽을 줄은야 몰랐다

한땐 제법 동경유학생으로
이 부두 물살을 헤치며 떠나가던
연락선의 이등선객

돌아올 땐 대학 나온 법학사님

멋쟁이 양복을 맞춰 입고
게다가 애인 영숙을 옆에 끼고
노상 금의환향을 했었는데

얄궂은 숙명의 법학사여
네 오늘 이 꼴이 웬일인고

보수동 꼭대기 판자집에선
어린 딸년 옥희가 기다릴 텐데

도대체 무슨 곡절로
요 모양 요 꼴이 되었느냐

대관절 무엇이 어쨌다는 것이냐
무엇이 어떻게 된다는 거냐

동부전선으로 총을 메고 가
너북다리에 관통을 받고도
그래도 간성까지 따라가서
산 채로 포로를 두셋씩 몰아오던
동수야 어쩌잔 말이냐

이렇게 이 항구의 날씨는 좋구
어제 날던 갈매긴 휘날고 있는데
그래서 동수야 어쩌자는 것이냐

어쩌면 좋다고 왜 말이 없느냐

달밤
-낭송을 위하여

달밤이었습니다

푸른 달빛이 산과 들을 신비롭게 비추고 있었습니다

나는 싸늘한 푸른 달빛에 젖으며 서 있었습니다

산머리와 골짜구니엔 새봄을 맞이한 눈들이 얼룩져 달빛에
녹고 있었습니다

끝없이 고요한 시간이 흐르고 있었습니다

이때 별안간—
한 마리의 가마귀가 나타났습니다

나는 불길한 예감이 머리에 떠오르기 시작했습니다

고향 할머니들의 말씀이 생각났습니다

—가마귀는 불길한 소식을 가져온다
—가마귀는 송장냄새를 잘 맡는다
—가마귀는 사람의 골을 쪼아먹는다

이러한 말들이 일시에 내 귀에 들려오는 것이었습니다

나는 더욱더 불길한 공포에 휩싸이게 되었습니다

달은 냉정히 나를 차디찬 은서릿발로 쏘고 있었습니다

돌연 가마귀는 울었습니다

　　까우우……

그 무슨 신호소린 양 울었습니다

그리자 가마귀떼는 몰려왔습니다

피 묻은 주둥이들을 달빛에 번뜩이며 수없이 몰려왔습니다

산에 들에 동리에 고을에 내 머리 위에 가마귀떼 가마귀떼―

수천 마리 수만 마리
아니 십만 마리 오십만 마리

저, 가마귀떼는 시커멓게
하늘을 덮었습니다

　　까우 까우 까우

까우우 까우 까우 까우우 까우우

이 가마귀떼는 내 눈과 골을 쪼렵니다
내 가슴을 찢어헤치고 내 심장에다 주둥이를 처박고 피를 마시렵
니다

반 남어 넋을 잃은 나는
내게 달겨들기 시작한 가마귀들을
내 손으로 쏘기 시작했습니다

땅! 따땅! 따따따따따따 땅!

가마귀떼는 달빛어린 땅 위에 맞아 떨어지는 것이었습니다
겁을 집어먹은 가마귀떼들은 되루 도망질치기 시작했습니다

나는 내 허리에 가슴에 준비했던 총알들이란 총알은 애낌없이
다 쏘아버렸습니다

따땅! 따따따따따따따따따르르르르땅!

다시 산과 들은 고요한 달빛에 잠겨 있었습니다

내 정신은 완전히 회복되었습니다
수없이 죽어 떨어진 가마귀떼가 너더분히 땅을 덮었습니다

푸른 달빛은 나를 그냥 투명체를 만들 듯 두루 비추고 있었습니다

나와 같은 내가
이 땅 방방곡곡에
수없이 지켜 서 있습니다

십만 오십만의 내가
아니 백만 천만
삼천만의 내가 달밤을 지켜
내 겨레 내 땅을 지켜
서 있는 것입니다

역사
—6·25를 맞으며

까마득히 먼
그 옛날의 태양이
그대로 저렇게 찬란히
우리 하늘에 오늘도 떠 있어

자칫하면
뜨거운 눈물도
소박한 웃음도
잊어버릴 뻔했던 사람들이
타질듯 작렬하는 팔월 땅볕 속에서
그래도 꽃처럼 웃고 있다

다시 돌아온 서울 거리엔
역사의 깃발은 휘날리고 있구나
그리도 무섭게 들볶는
쓰라린 역정의 그 피사태 속에서도
우리는 조상을 닮아 태연했다

온누릿 사람들이
노리고 살피는 이 복판에서
아무가 뭐라고 지껄여대던
오늘의 역사를 만들기 위해

더 더 힘차게 살아야겠다

해방되던 바로 그날의
뜨거운 눈물을
못 견디게 사무쳤던 감격을
모두 가슴속 깊이 불러들이는 오늘
역사歷史의 날이여
팔월 십오일이여

피의 분노
—3·1 기념시

장미빛
뜨거운 피로
땅을 적시며

오로지
내 조국 내 겨레의
자유와 독립을 위해

님들이
싸우고 가신 지 어언*
삼십육여 년

모진 몽둥이와 돌팡구로
으스라져 깨진
두개골에서 골수에서

서슬이 푸른 칼날에
선들 베어지고 찔리운
팔다리에서 등에서 가슴팍에서

| * 원문에 '어연'으로 되어 있으나 '어언'의 오식으로 보임.

혹독한 총알 탄환에
뚫리고 터진
염통에서 허파에서 창자에서

시퍼런 작두날에
덜컥 내리찍혀 짤린
목과 목덜미에서 대동맥에서

소용돌이치며
솟구쳐 솟아오르는 선혈
끓는 피 피탕수

푸르디푸른
조국의 삼월 하늘로
솟아올랐던

원한에 사무친
피의 분수 피의 절규
피의 분노였다

부릅뜬 두 눈을 감지 못한 채
마지막 큰 한숨을 참아 못 내쉰 채
"3·1"의 선열들은 가셨다

아아

그 하늘 우러러
삼가 옷깃 여미고

그 땅을 밟고
우리는 살아가고 있다
거룩한 "피의 날" 속을

끝없이 뻗쳐나아간
피의 분노여
삼월 초하루여

명태

감푸른 바다 바다 밑에서
줄지어 떼지어 찬물을 호흡하고
길이나 대구리가 클 대로 컸을 때

내 사랑하는 짝들과 노상
꼬리치며 춤추며 밀려다니다가

어떤 어진 어부의 그물에 걸리어
살기 좋다는 원산元山 구경이나 한 후
에치프트의 왕처럼 미이라가 됐을 때

어떤 외롭고 가난한 시인이
밤늦게 시를 쓰다가 쇠주를 마실 때
그의 안주가 되어도 좋고
그의 시가 되어도 좋다

짜악쫙 찢어지어
내 몸은 없어질지라도
내 이름만 남아 있으리라
"명태"라고 이 세상에 남아 있으리라

어머니

어머니
여기 앉으시오

여기는—
아버지의 아버지의 아버지
아버지의 아버지의 아버지
또 그 아버지의 아버지의 아버지 적부터

돌도끼로 나무 찍던
그 옛날부터 살어온
하늘 맑고 물 맑은 동네

봄이면 살구꽃 곱게 피고
가을이면 대추 다닥다닥 열리는 집뜰
네모났던 섬돌이 귀가 갈리어
두루뭉실하게 된 진짜
우리 집이올시다

어머니
아무런 일이 있드래도
가령 땅 위에다
끓는 피로 꽃무늬를 놓더래도

여기를 떠나지 마시고
앉어 계시오

여기는—
아들의 아들 아들 아들
아들의 아들 아들 아들
또 그 아들의 아들 아들 아들들이
살어야 할 잘살아야 할 진짜
아들들의 땅이니까요

어머니
마음 푸욱 놓으시고
어서 여기 앉어 계시오

제**3**부 　푸른 전설

송가頌歌
—내가 향기로운 술과 석류즙으로 너를 마시게 하리로다 (아가雅歌)

되도록이면—
나무이기를, 나무 중에도 소나무이기를,
생각하는 나무, 춤추는 나무이기를
춤추는 나무 봉우리에 앉아
목아지를 길게 뽑아느리우고 생각하는 학이기를,
속삭이는 잎새며, 가지며 가지 끝에 피어나는
꽃이며, 꽃가루이기를,

어디서 뽑아올린 것일까
당신의 살갗이나 뺨이나 입시울에서 내뿜는
그것보다도 훨씬 더 향기로운 이 높은 향기는

되도록이면
바위이기를, 침묵에 잠긴 바위이기를
웃는 바위, 헤엄치며 웃는 바위,
그 바위 등에 엎드려, 목을 뽑아올리고
묵상에 잠긴 그 거북이기를 거북의 사색이기를,
그 바위와 거북의 등을 어루만지는
푸른 물결이기를, 또한 그 바위 겨드랑이나
사타구니*에 붙어 새끼를 치며 사는 산호이기를,

| * 원문에 '사차구니'로 되어 있으나 '사타구니'의 오식으로 보임.

진주알을 배고[胚]와 딩구는 조개이기를

어디서 그런 재주들을 배워왔을까,
당신의 슬기로운 예지로도 알아차리기 어려운
그 오묘한 비밀, 그지없이 기특하기만 한 생김새
다시없는 질서, 바늘끝만치도 빈틈없고 헛됨이 없는
이들의 엄연한 질서
이 줄기찬 생활이여!

되도록이면—
과일이기를, 과일 중에도 청포도이기를,
청포도송이의 겸허한 모습이기를, 그 포도알처럼
맑고 투명한 마음씨이기를, 표정이기를,
그 포도알 속에 살고 있는 저 주신 박카스의
어질고도 용감한 기품이기를

어디서 이 크낙한 생명은 맥박쳐오는 것일까,
그 무엇도 침범키 어려운 이 장엄한 행진의 힘,
당신의 혈관 속이나 세포처럼 독균의 침입을 입지 않은
순수한 내부조직 아, 이 눈부신
살림이여 사랑이여!

학

날개를 펴면서
소나무 봉아리를 사뿐히 차면
두둥실 내 몸은 떠올라
어느새 구름밭으로 파묻힌다

구름을 타고
미끄러지면서 노상
나는 나의 노래를 부른다

햇볕에 나의 몸은
새하얗게 빛나고
머리의 단주丹朱는
더 곱게 물든다

나에게
불안과 초조를 묻지도 말라
먼 훗날
내가 죽거든
내 가느다란 다리뼈를 고이 다듬어
졸로리 구멍을 뚫어
피리를 내여

고요한 달밤에
고풍한 정자에 올라
피리를 한가락 불라
그때 다시
나의 예지와 정서를
맛볼 것이다

이렇게 나는
천년을 살을란다

목련

머언 하늘에서
소리 없이 내려와 앉은
신비로운 나비떼인가

잎도 안 핀 가지마다
산들바람은 휘감기는데
꽃잎들은 하들하들 떨고 있는데

수많은 나그네들이
제각기 외로움들을 지니고 살아가듯이
당신들도 서러운 미소를 펴들고 있나봅니다

까마득한 하늘에서 내려오는
햇살 같은 은싸라기라도 받아마시려는 듯
당신들은 경건한 날개를 펴올리고 있구려

연두빛 퍼진 고운 하늘엔
노고지리떼 간드라지게 우지짖는데
아, 나래도 이파리도 없는 사람들이 사는데

허공에 홀홀히 피어들 있구려
송이송이 천심을 향하여

신비론 나비떼인 양 앉아들 있구려

석불

태고쩍
피리소리
미묘하게 떠도는
당신의 입시울

연좌蓮座를
싸고도는
그윽한 풍악소리
현묘한 율동
생사를
벗어버린
자비로운
몸가짐

황홀하게
흐느껴오는
아, 당신의
눈시울!

청류벽清流壁[1]

아슬히 가파라운 석벽에다가
홈을랑 되도록 깊이 파서
내 이름 석 자를 새겨두자

지난날 사람들이 새겨놓은
자잘구레한 틈사리를 피해가면서
획이랑 굵직하게스리
두루미가 그 위에다 띠새를 갈긴들
왕지네가 그 위를 기어다닌단들
쉽사리 닳아 패이진 않을 테지

능라도 수양은 머리를 풀라지
꾀꼬린 쌍쌍이 목청껏 울라지

그처럼 청류벽이 그리웠더라고

날씬 논조와 야무진 망치로
이 굳은 청석靑石 석벽을 깊이 쪼아
"양명문" 석 자를 새겨두자

| 1) 모란봉 기슭 대동강반에 펼쳐져 있는 유명한 층암절벽.

곤유동鵾遊洞
—드레박을 넘쳐흐르는 푸른 전설만 길어올리시네 (을파소乙巴素)

송림으로 둘러싸인 이 조용한 마을엔

해마다 두루미떼 줄지어 날아와 새끼를 쳤다

눈이 오면 눈에 둘러싸이고

꽃이 피면 꽃으로 둘러싸이고

자욱하던 안개가 사라지면 새소리로 잔잔히 둘러싸이는

이 마을 사람들은 푸른 전설에서 자라났다

    황토와 송아지와 구렁이와
    도깨비와 미륵당과 회나무와
    무지개와 선녀와 더불어

마을을 지키는 듯 뒤에 솟은 푸른 산이며

앞에 펼쳐진 논밭 벌판들이며가

    항아리와 뽕나무와 칠성네와
    무당과 칡범과 함박꽃과

독수리와 말승냥이와 더불어

이 마을 사람들은 전설 속을 살아왔다

지금도 푸른 전설의 넝쿨이 서글피 설엉겨 있는 이 마을은

나도 가 살고 싶은 마을이다

두루미의 노래

차라리 한 포기의 청초한 도라지꽃만도 못한
이 추저웁고 지리한 인생을 위해

내가 걸어가는 기나긴 역정은
눈물의 궂은비로 또는
비릿내 나는 핏물로 뭉개고 니기워진
니녕泥濘의 길

하늬바람을 향해 걸어가면
거기 생선냄새 풍기는 포구가 있어
어둑시근한 방 안에들 둘러앉아
"장한몽" 같은 얘기를 즐기고 있더라

앞가슴을 풀어헤치고 시냇물을 따라 오르면
거기 오막살이 부댓군들이 살고 있어
"껌둥이"를 낳아가지고 온 딸의 머리카락을
숯구이하던 손으로 걸머쥐고 울고 있더라

그래도 뜨락 기슭에 모르는 체
해바라기는 싱싱히 피어 있고
밤나무가지에선 밀화부리가 울고 있어
나의 꿈은 구름으로 피어오르지—

현혹하는 향기를 따라 도시로 가면
거기 교묘히 맞얽힌 악惡들의 인공낙원 속
허실의 의상을 떨쳐 입은 인어의 떼
황금의 중독환자 문화병, 온갖 중독자의 무리
왁실거리는 구데기뿐

아, 정은
서러운 골짜구니에서 샘솟아 흘러내리는 것
때로는 제법 꿀물로 달가워도
오장육부를 녹이고 쑤시는 요물이어라

차라리 한 그루의 청청한 소나무만도 못한
이 부끄러웁고 지저분한 인생을 위해

내가 걸어나아가는 머나먼 도정은
희노애락을 활활 벗어버린
저, 흰 두루미의 거뜬한 행로

나는 한 마리의 두루미로다

은행나무 산조散調

은행나무 그늘엔
노오란 음부音符들이 떨어진다

은행 이파리들에다
내 귀여운 어휘를 적어본다

적어놓은 어휘들은
제법 노오란 발음들을 한다

도라지 밀화부리 살구씨
도토리, 소금쟁이, 송이버섯
돌개바람, 귤, 토끼똥,

무서리나린 마가을 저녁
소북히 쌓인 은행이파리들은

졸지에 일어난 돌개바람에 실리어
하나씩의 음부로 도옹 둥 떠

저녁노을에 화음하면서

나불나불 납신거리며 도동실 뜨는

하늘하늘 하느작이는 노랑나비떼

하득이는 기억을 시원히 털어버리고
마가을 하늘로 팔을 벌리며 솟아오르는

아, 은행나무의 서글픈 산조

남산습득 南山拾得

은행나무 그늘은 푸른 바닷속
잔잔한 물결지어
황홀한 호흡으로
은행나무 그늘은 오후의 회한

안개 낀 앞골짝 약수터
수정 같은 샘물을 떠서 마시면
가슴은 시원히 열리고
마음은 시름을 삭인다

가랑잎 쌓이듯
기왓장이 깔린 어지러운 바다
먼지와 연기를 굽어보면서
고사리 냄새 나는 풀을 뜯는다

은행나무 이파린 선녀의 부채
하늬바람 꽃구름을
몰고 와서 뿌리면
은행나무 그늘은 달 아래 바다

토끼라도 깡충 뛰어날 듯한
바위굴 더듬으며 휘파람 불고

싸리가지 회초리 휘둘러치며
노을비낀 서쪽 하늘 바라다본다

은행나무 그늘은 푸른 바다속
떨리는 물결지어
몽롱한 신음으로
은행나무 그늘은 사랑의 보금자리

나의 역정歷程을 위한 담시

1곡

이 또한 어쩔 수 없는 숙명에선가
새맑은 실개천 흘러내리는 개울뚝
실실이 풀어져 늘어진 수양버들 그늘에서
나는 당신에게 입맞춤을 했다
실로 미네르바와도 같은 당신을 포옹하고……

연잎 위에 구르는 이슬알 그대로 눈물은
당신의 살눈섭 사이에 서려 있었다
시냇물 속에 핀 봄구름송이 속을
송아리떼는 헤치며 밀려다녔다

어떤 초인간적인 힘이 내 속에 솟아올라
한 조각의 조개껍질로도 능히
우주의 신비를 헤아리고 점칠 수 있는
지묘한 주부呪符를 읽어낼 수 있었다

푸른 풀밭은 다시없는 우리들의 낙원
황홀한 햇빛 그 빛발 속에
칠색 꿈은 영롱히 익어가고
부드러이 불러피우는 당신의 노래소리는

나의 가슴속 호수를 파동쳐갔다

　　　2곡

이미 기울은 한낮, 인생의 강변에 서서
향기로웁던 당신의 숨소리 그리며
장차 다가올 비정의 낙일을 향한 채
우수에 찬 나의 노래는 시작되는 것이다

인간의 멍든 뇌수를 도려낼
나의 예리한 황금의 칼날을 품에 지니고
천마의 갈기털을 그려잡는 것이다
나의 미네르바, 당신을 찾아내기 위해……

어둠에 잠긴 원시림을 지나
다시 요기서린 날밤을 지나
출렁이는 해협을 건너 피리를 불며
아득한 사원沙原, 구름밭을 지나
시공을 주름잡아 나는 날아가는 것이다
애오라지 당신을 찾기 위해……

불길이 춤추는 불바다 저편
용설란龍舌蘭 방울져 피는 섬에
나의 미네르바는 살고 있는 것인가!
천마天馬여 나래치라 더 힘차게

3곡

먼 조상들이 세워두고 간
돌버섯 도친 이 석탑 옆에 서서
내 뒤에 깔린 나의 역정을 뒤돌아보며
안타까이 연소하는 나의 생명을 어루만져본다

너희들 잡속한 무리여 물러가라 소용없다
나의 경건한 제단 언저리에 그림자도 비치지 말라
나의 유현幽玄한 영토를 축복하기 위해
별무리는 쏟아져 내려올 게다

오, 끝없이 펼쳐져 뻗어나아간 나의 역정
정든 태양이여 눈부시게 비치라
나와 나의 미네르바와의 향연을 마련하는
장엄한 교향악이 시방 멀리서 울려온다

푸른 전설傳說
— '나의 낮과 밤'에 붙이는

푸른 파도를 향해 나는 걸었다
고독한 자개돌들을 밟으며……

나와 맞섰던 파도들은
나에게 항복을 보여주었다
나는 태연히 서서
다시 몰려드는 파도들을 향해
매서운 저주를 퍼부었다

갈매기들은 끼르륵거리며
나와 파도를 비웃었다
그것들은 그들의 존재권 내에서
이내 쓰러지고 말았다

몽롱한 거리를 향해 나는 걸었다
독기서린 연기와 안개를 헤치며
고풍한 의상을 한 여인麗人들이
한밤중에 나를 포위한다

나는 그 어느 한 여인에게 유혹당한다
잠시 나는 그의 매혹에 잠겨버린다
이번 파도는 그와 나의 가슴속에 일었다

날이 밝기 전엔 그의 품을 떠날 수 없는
안타까움을 배운다

무슨 월계관 같은 것에 나는 탐이 났다
사람들의 그 생동하는 눈알 속까지
나의 존재이유를 부각하기 위해서였다

벌써 까다로운 허구가 나를 기다리고 있었다
그 완고한 틀 속으로 어쩔 수 없이
나는 끌려들어가야만 했다

종은 종소리를 들어도 소용없는 사람들에게
더 성가시게 울어준다

어두운 거리바닥으로
파고 스며들듯 종소리는 내려와 퍼지며
나의 고달픔과 우울을 문질러준다

무슨 신화 같은 것이 나의 기억을 점령한다
보랏빛 웃음을 머금은 꽃이
소녀에게 안겨온다

멋진 태사台詞로 꽃과 소녀를 불러놓는다
해가 솔가지 사이로 퍼져오는 아침이 왔다
나의 허리에 차고 다니는 은장도를 뽑아

사슴의 연한 뿔을 잘라먹는다

박쥐들이 속삭이는 바위굴 속에서
새로 피어오는 밤을 기다리며 아가雅歌를 불렀다

드디어 나의 부드러운 옷을 안고 밤은 왔다
아, 내일은 다시 파도들을 찾아가리라

야상곡

이 밤에—
잠 못 이루는 어느 젊은 여인의 가슴속을
흘러내리는 애절한 샘소리를 듣습니다

그윽한 향기로 휘감긴
대리석 같은 나체는 고귀한 신의 예술품인 듯
어쩌면 이리도 황홀한 형상일까요

이 불가사의한 존재
이 침범키 어려운 영역

끝없이 매혹하는 부풀어오른 두 유방 앞에
나는 떨리는 경건을 배웁니다

이 밤에—
멀리서 옮아오는 파도소리와 어울린
여인의 흐느낌을 듣습니다
그것은 점점 다가오며 오뇌懊惱로운 현악소리로
변조變調해오는 것이 아닙니까

밤하늘엔, 별들의 합창을 즐기며 휘푸른 비단필로
구름이 조용히 떠가는데

아아 이 무슨 놀라운 향연일까요
안개 낀 벌판에
활활 타오르며 춤추는 불길을 둘러싸고
벌거벗은 여인들의 군무가 벌어지는 것이 아닙니까

밤의 심연은
인간의 안식처

이 밤에
신의 미묘한 신음소리를 듣습니다 그것은
비둘기들의 꿈같은 자색 빛깔로 무늬져 번져옵니다
그리운 눈동자들이 내게로 다가옵니다

잠 못 이루는 어느 젊은 여인의 두 눈시울엔
보석 같은 눈물이 방울져 아롱져옵니다

종당은 어느 머언 섬나라로 떠날 여장을 꾸리는
서러움에 밤은 더
깊어만 갑니다 명明해갑니다

문인극
−1막 5장

개발코를 씰룩거리면서
시인 "P"가 등장하자

"아 숨가쁘게 설엉긴 나의 지성이여
영영 돌아오지 않는 나의 서정이여
목련이여 원자로여
낙화암이여 '스에즈 운하여'" 하는데
때아닌 PAUL VALÉRY 식 예지인가
평론가 "R"씨가 멋진 제스추어로

"여보슈,
예가 어딘 줄 아슈, 원 참
딱한 친구도 있지
어서 가보슈
저, 밀화부리 우는 밤나뭇골
그 동네루 말요" 한다

어처구니없다는 듯이
자래목아지로 표표한 소설가 "N"님

"이거 왜 이러오
내가 뭐랬기에 이 야단이요

나 원 참" 하는데
노상 점잔을 빼면서
수필가 "S" 여사 슬쩍 나타나면서

"여러분!
이렇게 까다로운 연극이 어됐소
제발 막을 내립시다"

"누구를 위해 막을 내리느냐?"
관객들은 박장拍掌 대신에
욕지거릴 퍼붓는 게 아닌가!

"확실히 각본엔 틀림없이
저러한 대사[台詞]는 없었을 텐데" 하면서

극작가 "F" 선생이 머릴 가로 젓는데

'천상의 위엄 있는 소리 있어'

"인간이 인간 이상의 것을 바라지 말라
무제한 속의 제한을 어찌하랴"

이렇게스리 "극" 아닌 "극" 속에서
인생은 별 수 없이 끝나는 것이었다
　　　　　―Wagner의 장송곡으로 서서히 막

일요일

푸른 기류가
시원스럽게 흘러드는
신장한 양식 객실에는

초청받은 신사와 숙녀들이
나즉한 말소리로 소근거리며
제마끔 얌전을 빼고 있는데

수달피 빛깔 양강아지와
하품을 켜가며 놀고 있던 소년은
손가락을 잡아뜯으며 일어섰다

때마침 성장한 부인이 들어와
온몸에 시선을 모으며 노상
통통한 몸을 가누며 의자에 걸어앉으려는데

그 순간에 소년은 살짝 그 뒤로 가서
그 의자를 살그머니 뒤로 끌어당기자
쿵!

생긋이 웃고 난 소년은
나비라도 잡으러 가는지

파초가 너울거리는 뜰로 나갔다

구비口碑

아득히 먼 곳으로만 달아나버릴려고만,
그러지만 마시고요

더 가까이 이리로 오세요
자, 좀 더 이리로 바싹 다가오세요

우리 모두 자칫했더라면 모조리
까무러치듯 죽어버릴 뻔했던 여기
시방 모두들 신생의 노래 부르는 여기,

여기들 두고 더 좋은 데가 또 어디
또 어디 있을 것만 같아서 글쎄
딱하게도 지지리 비틀어진 생각을
잔뜩 품고 들떠있는 것입니까?

석불이 탑이 종이 울고 있소
진정 눈물겨웁도록 아름다운 산하요

당신에겐 끓는 피가 있소 신비론 눈이 있소
구슬 같은 땀을 흘릴 줄도 아시오

시원한 샘물을 한 사발 마시고,

발길을 돌려 고개를 들어,
저, 고운 하늘을 좀 우러러보오

저, 낯익은 산봉아리며, 능수버들이며,
황소 울음소리도 들으며,

자, 어서 가까이 이리로
좀 더 내게로 바싹 다가오세요

달

파아랗게 찔린* 얼굴로
언제까지나 냉냉한 빛으로
나를 쏘아볼 것인가

몽롱한 밤아지랑이 속에서
홀로 동동 떠 굴러가며
아무리 하계를 둘러 살펴보아도

네 빛으로 생장하는
아무것도 없어라 차거운 달이여
터무니없는 위선자여

그 야릇한 희푸른 빛발 속에
갸륵한 내 영혼의 꽃송이는
하들하들 떨며 피어나는 듯하게스리

종당은 나를 골린 사기한이여

언제 네게 빛이 있었드냐

| * 질린.

언제 네게 끓는 정열이 있었드냐
싸느로이 식어빠진 구체球體여

징그러웁게쯤 냉냉한 빛을
제발 걷어치우라 내 주위에서
증오로운 주검의 빛을랑

숙명宿命

그 어느 뉘가 달가이
불러서 와 닿은 기항寄港은 아닌데

회색의 연기를
서서히 토해놓으면서

나는 제법
돛을 내리고는

흐리멍덩 기름 뜬 항만에다
날카로운 뿔을 번득이며
닻을 내렸다

풀어도 한정없는 고달픈 짐을 부리며
교활한 기습들을 예지롭게 도피해온 여기서

그래도 자기비굴을 만회하려는 듯
뿌우뿌우 고동을 부는 것이다

머언 바다에서 묻어온
코발트빛 향수를 허전하게
오색깃발들로 흘려보내면서……

갈매기들의 구성진 울음과 더불어
외로운 마스트엔
퍼렁 빗방울이 휘날아들어 얄궂어라

아, 이 어찐 예누다리 같은 풍물 속인가
허잘것없는 쓸쓸한 정박인가!

단애斷崖

흐릿한 날씨다

뚝 잘리워 나가떨어진
아슬아슬한 벼랑탁
낭떠러지에 서서
나는 서쪽 하늘을 향해
원근을 살피고 있다

내려다보니
발 밑엔 홍수가
성난 사자 떼인 양
밀려내리고 있다

단애는 움직이는 것처럼
어지러워지기도 한다

뿌우연 잿빛 하늘엔
떨어져가는 일륜日輪이 검붉다

그저 다만
머얼건 하늘이 있고
그 밑에 땅이 깔려 있고

땅 위에 붉은 산들이 솟아 있고

산 밑엔 인가도 초가집
낡은 지붕들이 있을 뿐

그래도
마을에 사람들은 살고 있어
인정도 주받아가며
살아가는 모양들인데―

떨어지는 해처럼
서글프기만 하구나

단애는
자꾸 어지러워만 진다

미미작거려
멀미가 난다

내가 지금 왜
여기에 서 있는지를
나도 알 수가 없다

이 세상이 끝나는 날과도 같은
비장한 날씨다

미친 듯 밀려내리는 홍수는
나를 유혹한다
어서 뛰어들라는드키

그러나 나는
홍수를 증오한다

—인제
나는 이 단애에 서서
무엇을 외쳐야 하는가

담배를 피워물고
광풍에 연기를 뿌려보내며

나는 인제
무엇을 사색해야 하는가

올 이도 갈 이도 없는

까아만 밤이 오면
막막한 적요지대에서 나는
무엇을 노래해야 하는가!

단애는 비잉빙
자꾸 어지러워만 진다

문

이 어언 휘황한 문이런가

환상의 나래침에 따르는
이 현란, 끝 모를 변화 조화
이 무시무시한 유령의 창조물

이것은 바로
오뇌와 혼란의 난무
인간이 지닌 고작 날카로운 감각을
훨씬 초월한 진실에의 요구

오묘와 냉혹을 배태한
이 끔찍한 아가리

무슨 거창한 손이 만들어내었는가
실신할 듯 놀라운 묘막한 추상이여
그 미지수의 또 무한수의 세계로
밑바닥이 떨어져나간 검은 늪 속으로

개구리마냥 뛰어들어
꿈틀거리는 무수한 알몸뚱아리
이미 혼탁과 암담은 거기 있어라

현혹을 방사하는 부각浮刻의 조화 속에
방황하는 악령들의 얄궂은 율동

아, 실의와 회한이 서린 나의 초상

문은, 이 호화찬란한 문은
굳이 입을 다문 채
끝내 지옥을 말하지 않는다

무슨 비장한 향연이 벌어졌는가
문 속 저 깊숙한 안뜨락에서
그윽한 향기에 실리어 흘러나오는
신비로운 풍악소리

꿈속에서처럼 나는 서러웁다

칠현금

하 푸르러 서러운 마가을 하늘에 둘러싸인,
은행나무 그늘에 앉아

고이 간직한 네 가슴속 칠현금을
어루만지며 타보는 것인데,

마침내 이 세상이 아주 끝나버리는
그 터무니없이 허무한 소리……

타는 노을같이 슬픔이 퍼져오는
끝없이 서러운 허전한 소리……

절벽이 한꺼번에 무너지는
처절한 노여움에 찬 엄숙한 소리……

그러다가도
약간은 떨리면서 솟아나는 맑은 샘으로
흘러나아오는
아, 무한히 반가운 사랑의 노래소리……

기맥혀오는 이 소리 속에
달래듯이 간절히 피어오르는 반주소리 속에

나는 나의 삶의 노래를 들으며,

노오랗게 물든 은행나무 잎들이
나의 왼몸을 둘러싸 수북히 덮도록

네 가슴속 깊이에 간직한 칠현금을
나는 타고 있는 것이다

은행나무 밑에서

은행나무 푸른 그늘에 앉아
지나온 계절을 뒤적여본다

쉴 사이 없이 구비치며 흘러온
나의 기인 역정 위에

피어나는 가지가지의 꽃송이들
아롱지는 열매 향기로운 열매

아름다운 슬픔의 선율을 타고
사라진, 아, 나의 아까운 시간

은행나무 푸른 그늘 속에
파묻힌 그림자여

하들하들 잔물결 지으며
자릿한 이파리들은 떨고 있는데

이마에 배인 땀을 걷우며
조용히 나의 나이를 생각해본다

푸른 가지들 사이로 트인

파아란 하늘은 유난히 고운데

문득 까닭 모를 눈물이
나의 눈시울을 간지럽히는 게 아닌가

은행나무 푸른 그늘에 앉아
먼 여정을 생각해본다

종탑

지금 막 종이, 그 비장한 목소리로,
이 거리 바닥으로 울려 내려올 것만 같은,
이런 시문時間에, 나는 종탑, 고 뾰죽한
지붕을 쳐다보는 것이요

뾰죽한 그 꼭대기에 십자가가 우뚝 서 있는 것이요
용하게 서 있는 것이요

그 뒤로 감푸른 하늘이 막을 쳤나보오
그 하늘로 멋진 구름들이 배경을 그리나보오

종만, 그 처절한 절규로 종소리만 울려 내려온다면,
나도 소리내어 같이
울어보구 싶은 심정이요
글쎄 그런 심정이요

내 마음을 울릴 수 있는 종탑이 서울에 있소
내가 남산 숲 속 어느 으슥한 숲 속에서
저 종소리를 들으며, 나도 함께 소리내어
울고 나면, 온몸이 거뜬해질 것 같은
그런 심정이요

종탑 뒤에 흐르는 푸른 하늘처럼
시원해질 것 같은 그런 나를, 여기
내가 데리고 앉아 있는 것이요

밝은 아침에

이렇게 화안히 밝은
밝은 아침에 오십시오

내 마음 안밖이 투명해지는
정신드는 이 아침엔
나무잎들과 꽃송이가 이렇게
싱싱하고 이들이들 청청합니다

시냇물이 저렇게 안개가루를 날리며
보드라운 새소리를 띄우고 흐릅니다

사람의 마음이란 이렇게 깨끗해지는
밝은 아침에 화할 수 있는 그런 것인가 봅니다

조잡스런 온갖 것을 다 잊어버리고
눈부시는 이런 신선한 아침에 오십시오

이런 때에 만나는 당신의 눈동자에서
진정 아름다운 보배를 찾아내겠습니다

이런 때에 들려오는 당신의 그 음성에서
진실과 허위를 허무와 존귀를 판단하겠습니다

이렇게 화안히 밝은
눈부시게 정신 드는 아침에 오십시오

자연 속에 숨쉬며 삶을 깨닫고
힘과 젊음과 사랑을 노래해봅시다

바다에의 단장斷章

보랏빛 보석 속인가
알아차리기 어려운 숫한 빛깔이
삽시에 사라지고 번갈아드는 이 새벽

가지가지의 나랏말로 잡아 흔들어보아도
원자탄 수소탄을 던져보아도 필경은
너대로 아무렇지 않은 바다

허다한 현대문명이
네 위를 포효하며 몸부림친다
역사와 경제와 전쟁과 사상이
네 푸른 사념 위에 배회한다

바람과 태양과 파도의 낭만한 희롱
무서운 노도 일떠서는 해일
태풍 폭풍우
이런 것들이 지나만 가면
자취도 없이 태연무연한 네 윤리
완전한 자연 자유 질서의 보지자

다시 푸른 수맥이 뻗어 나아가고
백파 뒤말려 흐들대면

아아 부서지는 벽옥 옥싸래기가
쏟아진다 눈부시다
끝없는 네 조화

저녁녘 네 기슭엔
장미가 피를 뿌린다
흰모래 이랑 이랑에
방울져 떨어진다

진주 산호를 키우는
무진장한 보고寶庫 속 밑창엔
우리 조상들의 뼈가 자리를 잡고 있다

파도여!
내 영토를 포위하고
항시 노리는 침략의 모진 물결들이여
바다여!
내 조국강토를 휘둘러싼
영원한 성벽이여

이월의 해조諧調

어느 푸른 산 산골
새맑은 시내 물결 속의
은어떼처럼
너는 조용히 왔구나

흙향기 풍겨오는 이 해토解土 길을
물오른 가지마다에 새싹이 볼록 부푸는
너그러운 네 조화 속을

우리들이 흘러보낸 지난날의 한숨 같은
구름송이 머얼리로 떠나가는
연두빛 하늘 아래

어느 뒤뜰 안
늙은 매화나무 애가지에
한두 송이 귀한 꽃이 피는데
어디선지 꾀꼴새 날라와
옛 노래를 다시 불러보는 새봄

산들바람에 옷깃을 날리면서
아담한 네 해조諧調를 호흡하면서
이월의 희누른 길로 나선다

밤나무

진달래랑 살구랑
벚꽃이랑 복숭아가
철따라 차례로
꽃을 피워도

살찐 이 언덕에
그루를 박은 채
나는 좀처럼 꽃필 줄을 몰랐다

잎 없는 거무틱한 가지에
까막까치를 날아와
띠새 버리고 가도

아무 탓도 없이
나는 나대로
수액을 호흡하면서 살았다

이제
내 잎이 무성하여
훈풍에 찬란히 물결치며
내 푸른 그늘을 지을 제

삶을 즐기는 사람들
이 그늘에 자리를 베풀고
노래할 제

나의 길쭉길쭉한
꽃이삭은 피어난다
꽃가루째 향기를 풍기며—

개구마리 깻뚜룩 깩깩 울고
솜구름 떠나가는 그 어느 가을날에

사람들이어
내 그늘로 다시 오시라

그리하여
묵은 밤송이 모아
성냥을 그어대고
새로 익은 나의 열매를
마음껏 청대해 잡수시라

동방서시東邦序詩
−196○*의 서곡

1곡

또 한 바퀴
휘감기는 지구의 연륜이어

얼싸 감겨드는
무수한 선을 제각기 타고

목청껏 노래를 부르며
환희 속에 솟아오르는 사나이들

처절히 노래를 부르다가
쓰러지며 넘어가버리는 희미한 그림자들

무슨 무지개 같은 빛발을 타고
춤을 추며 날아오르는 여인들

뽀오얀 눈보라 속으로
팔들을 벌린 채 사라지는 무리들

| * 196○. 연도가 탈자되어 있음.

감겨드는 지구의 연륜 속에
무수한 선을 제각기 타고
현란한 군무는 시작되었다

2곡

오, 지금
막, 지축을 잡아 흔드는
이 장엄한 북소리로 하여

또 하나
우리들의 새로운 문은
휘황히 열렸다

보라
저어기, 동방의 낡은 하늘을 태우며
새로운 태양은 유연히 솟아오른다

그리하여 바다는
일체를 부정해 버리고 난 뒤에
서서히 스스로의 율려律呂로 늠실거리는데

산은
도사렸던 나래를 펴 힘차게 치며
다시 푸른 구름 속으로 솟아오르고

강은
그 줄기찬 물줄기로
격정의 물살지어 흘러내린다

새들은 기묘한 음색으로 떼지어 노래하고
꽃들은 망각의 폐원廢原 위에
청신한 향기를 뿌리며 피어나는데

이 땅 위를 휩쓸며
해조음海潮音 일으켜 몰려오는 저 소리
젊은 가슴들의 우렁찬 합창이 들려온다

3곡

아 상기도
짓궂은 골짜구니에 꿇어앉아
넋두리하며 울고 있는 것은 누구인가

인제
우리들의 슬픔은 말짝 날려보내자
우리들의 죄업을랑 싹 사뤄버리자

다만
목마르게 바래온 것은
애오라지 사랑뿐!

동방의 마음도
바로 사랑이기에
한 포기의 미음들레*도 곱게 피는 것이다

그러기에 항시
내 마음속에 소리 없이 타오르는
사랑의 일륜日輪은 있는 것이다

* 민들레.

시신출몰 詩神出沒

바로 어제밤 일곱 시경에
시신 뮤우즈께서 명동거리에 나타나시어
시인들에게 시정신을 배급하신다고
시인들을 불러 한자리에 모으셨다

하도 오래간만에 주시는 배급이라
모두들 경건한 배례를 드리는 판인데
싼타크로스 할아버지처럼
시신 뮤우즈가 메고 온 자루에서는

막걸리가 나오고 명태깨비가 나오고
소주 오징어 비지 순대 빈대떡
돼지발쪽 백양 진달래 등속이
한꺼번에 쏟아져나오는 게 아니겠는가

"굶주린 자여
우선 이것으로 요기를 풀라
시정신 배급 보따리는 그만
오다가 저물어서 구름시렁에
두고 왔노라"

오는 금요일 받으면 된다고

배급표 한 장씩을 나누어주었다

어느새 술에 취한 시인들은
이놈! 네가 무슨 뮤우즈야?
네놈도 역시 가짜로구나 이놈아!
모두들 달겨드는 바람에

그만 뮤우즈도 어안이 벙벙하여
구름이 사라지듯 사라져버렸다

아마 이번 금요일에도 안 오실 게다
통금 싸이렌이 처량히 울려왔다

해당화

독이 올라 홀홀 쏠듯
날쌘 가시 조르르 돋친 줄기에도

반질반질 기름이 내배는 이파리들은
파들파들 잔물결 일으키고

그리움에 못 견디는 안타까움이 터진 듯
피어 부푼 당홍 꽃송이

가느다란 고개를 들어
파아란 바다를 내어다보는
해당화야

한낮을 보내고
밤이 지내도록
달밤을 지켜본댄들

꽃이파리 갈피갈피로
속속들이 스며든 뵈지 않는 비밀을
누가 알아낼 건가

간절함에 애타는 기다림인가

원한에 사무친 노여움인가

그 한숨 그윽한 향기로 되어
흰 모래밭에 흩어지누나

산방초 山房抄

고압선이 휙휙
기어 넘어간 산등성이를 지나

송진냄새 스며드는
솔밭 속을 더듬어 올라온 여기

늙은 바위를 벗하여
호젓이 옹쿠리고 있는 낡은 산방

구슬져 떨어지는
차가운 돌샛물을
쪽박으로 떠 마시면

화사한 날개를 접으며
태양은 문명하는 반대편으로
누엿 숨어버린다

잠시 동안
일체와 교섭을 차단해버린
건드리기 어려운 이 영토—

보랏빛 떠도는 고요 속에

묵묵히 도사린 나

—이 어쩐 빛발이런가
화안히 트여오는 두려운 은총 같은
경건한 한줄기의 묵시!

언제나 우주는
새로이 시작하는 새 동산

무슨 눈물 같은 것이 사물사물
나의 속 안에 솟아오른다

귀

과거의 현재가 맞뚫린
막막한 까아만 구멍으로
온갖 음향이 녹음된다

연꽃이 벌어지는 소리
가랑잎에 내려앉는 싸락눈소리
바람에 희롱하며 앉았다 가는 소리

원시와 문명으로 막 맞뚫린
아득히 멀고 끝없이 깊은 구멍으로
별의별 잡잡음이 기어든다

견디기 어려운 굴욕의 폭언이
그 무슨 가냘픈 하소연이
간지러웁게쯤 달싹지근한 속삭임이

터무니없는 너털웃음이
마지막 토하는 큰 한숨이
에누리 없이 모조리 기어든다

영혼과 영혼이
정과 정이 통하는 이 구멍

자못 교묘한 판단의 이 구멍

그 무슨 값 높은 보배와도
바꿀 수 없는 귀한 이 귀

사람이 이 귀를 가진 것은
글쎄 얼마나 괴로웁고도
또한 한없이 복된 일이런가

신의 속삭임을 듣는 이 귀
두 손길 펴올려 슬며시
두 귓박죽을 쓸어 만져본다

제 4 부　이목구비

원시에의 대화

도취의 파도를 깔아놓고
방랑의 계절을 펼쳐놓은
당신은 엉뚱한 해학가

동화를 누비며 나래치는 갈매기 따라
휘감기는 권태를 벗어버리고
뛰어든, 당신의 푸른 품 속

그 시원한 넘실거림 속
파아란 물 이랑 이랑 위에
꽃다발로 피어 솟았다 쓰러지는
그 물보라 속에

지겨운 하오의 우울은
부서지고 흩어진다

퇴색한 시간의 껍질을 태워
해풍에 날려버리는 백사장

일체의 허식을 도피해온 여기
알몸들의 향기론 향연 속에
익어가는 원시에의 대화

신의 미소

바다여
군무하는 파도를 펼쳐놓은
방랑의 계절을 마련해놓은
당신은 교묘한 유혹자

팔월의 아프로디떼여

찢어진 채로
푸름 속에 뜬
신의 옷자락

차가운 억양을 타고
백조는 한가로이 미끄러지는데

출렁이는
비정의 음색을
부푼 피부에 향긋이 문지르는
팔월의 아프로디떼여

파도의 음계를 오르내리는
서글픈 발레리이나의 아리아를 듣는가

　　케르케고올
　　케르케고올

금싸래기로
원시에의 향수를 깔아놓은
보드라운 사원에

신이 베푸시는
장미꽃 드라마
뇌수를 쏘는 황홀한 조명

현란한 리듬이 빚어내는
오뇌로운 알몸들의 즉흥무

팔월은—
해바라기의 기도로
갈매기도 아프로디떼도 취하는 달

어디선지
깨어진 시간의 날라리를 달고
간지럽게 매미가 운다

상수리나무
−시월의 단장斷章

가던 길
쉬어가려는 사람들의
비탈진 언덕배기 여기

시월의 으슥한 골짜기에
별이듯 들국화 옹기종기
소슬한 설레임으로 일렁이는
이 골짜구니 안자락을
멋대로 휘돌아 기어나아가는
무심한 바람

문득
중천을 울림하는
기러기떼의 구슬픈 연창連唱으로
휘영청 틔어오는 머언 향수

오, 우수의 일월日月이여
가던 길
쉬어가려는 사람들의
비탈진 언덕배기, 여기

시월의 허술한 허리에

매어달리는 무정견無定見한 욕정의 열매들

가지마다 비장한 울부짖음을 기약하는
매듭지는 계절 속에

자류柘榴의 피어린 선언으로
걷잡을 수 없이 튀어나는
성숙에의 염두, 폭발

—된 서릿발 타고 내리는
냉혹한 신의 입김 속에

날름거리며
회한의 상처를 핥는 매서운 혓바닥
견디기 어려운 이 피아픔—

시월이 몰고 온
황량한 계절, 이 곤두서는 막바지에

몸서리치며 떨고 서 있는
상수리나무여
할딱이는 목숨이여

구봉씨九峯氏

오랑캐꽃빛 사념의 잎새를 씹으며
한류寒流 감도는 삘딩의 계곡을 빠져나가면
뒤말려오는 인파

문득
발뿌리에 바싹 다가서는 마드모아젤 공
호리호리한 키에 향기에
코밑수염은 달팽이 촉각으로 쫑긋거려……
뇌세포의 응결이 일어나는 찰나
파뜩 날아드는 팥빛 제비 한 마리

—이윽고
설레이는 파도, 보드라운 색막素漠을 밟으며
주고받는 은밀한 은유
추상파 기질의 포옹

위험한 변조로 이루어지는
순간의 순수한 이 결정

사랑은 흰 모래밭에 묻힌 녹슨 불발탄
푸른 수심에로 허망을 풀어놓는 오오
날씬한 기중기

씨의 파잎은 건조한 정서의 연기를 내뿜고
갈매기는, 항시 환원하며 유동하는 푸름 속
허무의 밀도를 투시한다

연분홍 벽을 기대인 각탁角卓
수선화는 잠에 취한 한 쌍의 흰 나비……

낙조!
제삼의 서곡은
서서히 회색막灰色幕 뒤에서 울려왔다

설악단장雪嶽斷章

장엄한 골격에
호화로운 옷차림으로,
산봉우리, 봉우리들은
신기서린 하늘을 향해
위엄을 떨치고 솟았을 뿐

인간 따위는
거들떠보지도 않는구나
이 거창한
사상의 건축들
신화 속의 괴물들

이 집요한 묵념 속에
숨가삐 울려오는
내부로의 절규

깊은 돌계곡을
쉴새 없는 변조로
춤추며 굴러내리는
주옥 같은 가을물, 물소리

호젓이

발을 잠그고
불이 붙은 듯
타오른 단풍을
바라보노라면
얼이 빠진다

앗차! 나의 인생은
어느 골에 저당을 잡혔는가
환원하는 시간이여
순화하는 나여

해인사

대낮에
초롱불을 켜들고 나오는 노승이 있어
백일白日을 무색케 하는가 하면,

베르리오즈의 환상곡을
베아트리체 같은 소녀에게 해설하는
젊은 도승이 의젓한 미소로 표연히 나타난다

천년 묵은 적막한 숲 속은
누적된 사상의 신음소리 서려 있는 듯
침침한 울림은 은밀한 바닷속이랄까

만 가지 번뇌와 속악을 벗어 불사르고
일체의 뇌고惱苦를 깨끗이 망각한 지역
이 숙연한 정토에 자리잡은 해인사

궁궐 같은 대가람들을
가야산 깊숙이 지어놓은 일은
사람의 예지로 보아

대낮에
초롱불을 켜들고 다니는

노승의 예지랄 수밖에

아무리 생각해도
팔만대장경은 과시
대장경이로다

야상곡

누가
두고 가버린 것일까
이 단조로운 애절한 되풀이

아득히 먼 날의
긴긴 회랑을 돌고 돌아
조용한 기다림으로
이 밤에 호젓이 앉아 있으면
통 잠을 잊어버린
가을밤의 악사들은
꼬리치는 나의 사색을
영롱한 음색으로 반주해준다

솜구름 이루어
형형색색으로 피어오르는
찬란한 심상
솟아오르는 상념 속에
사념의 구름다리는 걸리어 있어
삶과 죽음은 오르내린다

역시
우리들의 목숨은

땅 끝에서 비롯되어
허다한 구비를 돌아나와
끈덕지게 흘러가는 것

우거진 신비론 숲 속을 지나
기구한 계곡을 따라
흘러내리는 물줄기 같은 것

간지러운 재롱으로
정신의 단애斷崖를 스쳐가는
한오리 산들바람 속에도

부질없는 욕념이
소용돌이치는 탁류 속에도
목숨은 물결치고 있는 것

종당은
회상의 광장인 바다에 이르러
맴돌고 뒤덮이며
출렁이는 물결이로다

때로는
모진 태풍에 휩쓸리어
거세인 풍속을 타고
혹은 투명한 기류에 실리어

애초에 태어났던
땅 끝으로 나가떨어져
다시 새로운 출발을 반복하는 것

이 영겁윤회의 법칙을 따라
우리들의 생과 사는 있는 것이로다

다시는 솟아오르지 않을 낙일落日의
비장한 마지막 방사放射가 있듯이
애련한 낙화이듯이
묵묵한 죽음은 있는 것이다

누가
빌며 뉘우치는 것일까
이 떨리는 명인嗚咽 같은 숲 속의 한숨소리는

누가 뿌려두고 가버린 것일까
밤하늘에 총총한 보석송이들
우리의 예지로는 알 수 없는 것

이 밤에
순간에 태어나고 순간에 사라지는
목숨의 애잔한 소리를 듣는다
신의 기침소리를 듣는다

제5부 묵시록

민락1)기 民樂記

예수 아닌 내가
푸른 파도 위를 걸어간다
'괜찮을까……'

터무니없는 이 기적
함부로 저질러놓은
이 무시무시한 기적들

점심에 광어회를 먹었더니
더 잘 뜨는가, 바다 한가운데를
파도를 차 던지며 걸어나간다

─파도에서 파생된 시간의 미끼들은
─갈매기의 순수한 양식이라는데
─이 치들은 사념의 알을 낳는다는데

바닷가 푸른 언덕 소나무 그늘쯤에서
생김질하던 누우런 소들도
근심스런 나를 바라다본다

| 1) 해운대 근처에 있는 작은 어촌명.

그래도 나는 신이 난다
모두 내 세상 같애 우쭐해진다
'괜찮을까······'

부질없는 이 기적
번개질치는 현란한 이마아쥬 속에
무수히 날아드는 색채언어군

물결에 취했는가 멀미가 난다
그만 풀썩 주저앉는다
그래도 둥 둥 떠 있는 나

중천엔 해가 너털웃음을 치는 하오
내 발밑에 밟히우는 실재의 모래
모래의 허망한 감촉

지친 나는 맥이 빠져버린다
갑자기 남의 세상 같애 서글퍼진다
'괜찮을까······'

가족

식구들은 다 어디로 갔는가
귀에 젖어들던 정다운 음성
장미의 눈짓, 나비의 날개짓으로
웃음 짓던 향기로운 미소들
지순한 천성, 보석의 동자로
신비를 방사하는 시선들은

가축들은 다 어디로 사라졌는가
술책을 모르는 소박한 유희로
또한 무한히 부드러운 형상으로
나에게 전신을 맡기던 원시의 종족들
그 무슨 미지의, 유랑의 길로 떠났기에
만화萬話로 구성하는 나의 정원은 비었는가

저어기 무참히 무너지는 지층에
시린 뿌리들을 드러내놓은 느티나무
삭풍에 우롱당하는 무기력한 가지들의
흐릿한 오후에 흘러보내는 조용한 비가悲歌를
나는 창 너머로 듣는다

여기 남아 있는 건
빈 식기들, 수줍은 가구들뿐

저 멀리 묘막渺寞한 설원을 거쳐
더 멀리 사나운 눈보라 속으로
가족들은 떠나갔는가

유폐된 밀실의 삼면경 감푸른 심연 속
신성을 잉태한 성자의 자세인가?
아니면 절규의 응결체? 숙명의 덩어리?
산호초로 도사리고* 있는 건 절대의 실존
나의 슬픈 육체로다

| * 원문에 '도사고' 로 되어 있으나, '도사리고' 로 추정됨.

독수리의 비가秘歌

초라한 독립문 근처를 맴돌다가
우울한 날개를 펴들고
나는 북악을 넘는다

꽃구름이 권태로운 봄날은
노송 삭은 가지에 도사리고 앉아
멀리 메아리져 퍼지는 포성을 듣는다

누구도 알 바 없는 미궁은
오불꼬불한 나의 피어린 창자 속
그러나 조상 적부터 아예
푸로메테우스의 날간 같은 것은
쪼아먹은 적이 없다

나의 외동딸 '자유'는 멀리 외로이
브라질 같은 데로 이민을 떠났고
이 절벽 속 같은 고독 속에
내 홀로 이 강산을 지키며 산다

이 허황한 하늘 저쪽에
비장한 낙일落日이 곤두서 떨어져도
까딱 않는 나의 앙동그란 눈동자는

다만, 엄숙히 의시疑視할 뿐

와작지껄 재잘거리고 지껄여대는
멧새야, 뱁새야, 때까치야, 또 가마귀떼야,
제에발 좀 점잖이 조용할 수는 없느냐

오, 삭막한 나의 영토일망정
제법 푸른 하늘은 덮혀져 있고
바다엔 새끼 밴 고래가 늠실렁거리며
능청맞은 춤을 추고 있다

씨잉—씽 솟아, 솟아오르면
한없는 허공, 막막한 침묵 속
감푸른 초월 속으로 사라지는 듯
가물거리는 까아만 한 점

그 한 점, 핵으로 폭발하는 날, 그날
나의 우주는 그만 꺼져버린다

지저분한 동대문 부근을 맴돌다가
시들한 날개를 펴들고는, 가끔
나는 설악을 넘는다

우연의 미학

여울져 흐르는 구름에
씻기우는 그대의 노랫가락은
산갈매꽃의 속삭임인가
흐느낌인가

가을날 축제 속에
주홍빛 지문 수놓아
붉은 진주 아롱진 결정으로
터질듯 무르익은
나의 청렬淸冽한 석류야

살며시 애무하는 손길에
아릿 짜릿 스며드는
산뜻한 감촉
미묘한 매혹

훈훈한 향기 흩날리는
신묘한 동굴 속을
배회하는 사념의 포수

무한히 보드라운
이 백사의 언덕

황홀한 계곡을 더듬는
유연한 가을 나그네

정상에 도사린 바위 위를
스치듯 줄지어 가는 기러기떼야
가을의 음정 맞추어 날개를 쳐라

이끼 낀 석벽에
부각된 그대의 이름은
단풍에 그늘진 채로
풍화하는 어렴풋한 연화蓮花여라

묵시록

내 머리맡을 지키는
한 그루 수양
무엇이 인연한 것인가
무수히 휘늘어져
겨우내 속삭인 가닥가닥
하느작이는 하아프줄들은

소스라치듯
허공을 휘젓는 가지에
홀로 불안에 떨며
웅쿠리고 머물렀던
둥지를 탈출한 나의 새
시간을 쪼아먹던
밀화부리는 사라지고 없다

휘감겨오듯
겸손한 애무로 나를 포옹한
향기로운 바람들
인왕산을 스쳐오는
선드러진 계절풍을 기대고
챤·시벨리우스의
옹골찬 악장을 듣는다

지금은 봄의 밀물이
보라 바위를 뒤덮은 중낮
온통, 연한 이파리들을
졸로리 달고서
살랑거림으로 몸짓하는
나의 수양은 또 무슨
간드러진 아리아를
새로 시작하려는 건가

이 숨막히는
현란한 속일지라도
마음은 묵비로 은밀하고자
푸른 그늘에 도사려보지만
습기찬 바닥은 질색이다

언제나
연연한 어휘로
나의 영혼을 감싸주는
은총의 나무
넘실거리며 화려한 날개 펴들고
조용히 불러 드리우는
달과 구름을 나는 마신다

마침내 아내도
수양으로 탈바꿈하는가

탐라의 녹슨 신화 속에서

올 데까지 와놓고 보면
더 갈 데라고는 별로 없는
안타까운 전설 속에서

항시
잠재우듯 일깨우듯
가식 없는 은근한 예절로
나의 생애를 뒷바라지해온
한 그루 늠름한 수양이여

갈밭 단장斷章

서글피
사글거리는
속삭임 속에
살며시 누워 있노라면
슬그머니 겁이 난다
소슬한 산들바람에
사각이며 하득이는 갈꽃
성긴 잎 사이사이로
사물사물 맑아오는
살아 있는 새파란 하늘
살아나서는
살짝 사라지는 희푸른 구름으로
살여울지는 하늘
사실이지 하늘은 무섭다
서서히 기어올라
사념의 선율로 누워 있는 가야산
세월을 타고 오른 해발 천사백사십 미터
산허리에 일렁이는 갈꽃의 물결
산새의 심심한 산조 들으며
신神의 속삭임 속에
사지를 펴고 누워서
신기서린 무위를 마신다

순수한 절대를 마신다

밤나무

너를 어루만진다
—낡은 시간의 다리를 건너
나직한 외진 골짝 살찐 이 언덕

너는 물결치고 있구나
화려하고 풍성한 차림으로
무한히 부드러운 이 햇살 속에
끈덕진 인종의 나무여

푸른 날개 겹겹이 펴들고
윤기 돋친 잎사귀들 사이사이에
흩날리는 누우런 꽃가루
방순芳醇한 향기 훈풍에 풍기는
길죽길죽한 꽃이삭들

그 어느 틈서리에 예비하였는가,
건드리면 쏘는 예리한 가시,
앙칼진 밤송이 속에
야무진 예지의 열매,
감미로운 열매들을

한나절, 밀화부리와 숲과 멧새들을,

늙은이의 자장가로 잠재우듯 일렁이는
네 비밀한 계획 속에,
손 저어 활개쳐 춤추는 것인가,
찬란한 너울거림으로

너를 어루만져 포옹한다
—시간의 낡은 다리를 건너
보라산 둘리운 으슥한 이 골짝

너는 늠름한 풍채로 눈웃음 짓는구나,
나의 살갗을 빨아들이는
까칠한 너의 피부는 매혹의 흡반,
너는 완고한 실재자로다,
은근한 의지의 나무여

우상

비몽사몽 간에 이루어놓은
이 거창한 건조물 속에
군림하는 나의 우상―

일몰을 반사하는
소년의 눈동자 속에 사물거리는
환상의 초원
망각의 설원

일몰 뒤에 지평을 휩쓸어
마침내 범람하는 침묵 속에
나의 소년은 서 있었다

오만한 파도
타협을 모르는 시간에 동동 매달려
바위틈에서 솟아나는 샘물을 마시며
지맥을 주름잡아 할딱거리며 달려온
나의 소년은―

포옹을 거부하는 신부들,
낙엽과 목단을 동시에 피우는 노자들
영영 침묵 속에 침몰해버린 잠수함을

파아란 호수에 빠져버린 북극성을 보았다

우리들의 영감靈感은 이미
악어의 무리가 그 징그러운 아가리로
덥석덥석 삼켜버렸다

소년은 들었다
핏빛으로 노을지는 꽃보래 속에
꿈틀거리는 한 마리의 따스한 생명체
연한 울꾸리로 내뿜는 날카로운 소리를
자작나무 숲을 거쳐
포수들은 별장으로 돌아왔단다
수정알을 밴
산비둘기를 쏘아가지고

화강석 돌기둥에 비친 연못
연못가에서 줏은 찬연한 묵주를
소년은 목에다 걸었다

우리들의 이 조그마한 축제를 위해
경건히 잔을 들어주는 천진한 형제들
꽃자주빛 기인 의상을 살며시 끌며
황금의 왕관을 전설하는
살뜰한 나의 자매들

사몽비몽 간에 이루어놓은
고풍한 실내의
아라베스크 삼면경에 비치는
과거와 현재와 미래를 응시하면서
나의 소년은 함초롬히 묵상에 젖는다

바다의 기하학

바다는 진종일 자장가를 부른다
파도의 그네를 태우면서—

바다는 불가사의한 기하학으로
'불가사리'를 만들었다

진주알을 만들었다
소라, 전복, 산호를 만들었다

튕기면 소리날 듯 팽팽한 수평선

꿈의 무더기인가
그 위에 쌓이는 뭉게구름

가난한 어촌에도 석류꽃은 윤기있게 피고
뒤란의 해바라기는 수줍은 고개를 들어
먼 해조음을 듣는다

우울을 벗어버린
알몸둥이들의 난만한 구도

나는 즐긴다

동화같은 백사장의 대화를
—빙산이 둥둥 떠내려오는
—고래가 고래끼리 레슬링하는

바다는 진종일 자장가를 부른다
파도의 그네를 태우면서—

해바라기

진실로 조화로운 빛의 덩어리
이 무진장한 황금빛 방사선 속
휩싸여오는 에메랄드의 포옹 속에

성장盛裝한 여왕으로
신비로운 눈동자로 군림하는
화사한 실재자

본원의, 본능의 절도높은
정념을 전능으로 발산하는가
향기로이 연소하는가

진공의 사원을 산책하고 돌아온
인간 따위는 거들떠보지도 않은
오묘한 이념, 뜨거운 응시 속에

수사를 잊고 섰는 나는
우주선을 타고 오는 당신의
헤아리기 어려운 비밀한 화살에

수없이 전신을 쏘이며
넋 잃고 다만 지고한 당신의

황홀에 화음할 뿐

발음發音

설원을 가로질러
설마雪馬로 트로이카로 몰려오는
한파군寒波群의 방울소리

녹슨 피뢰침에 휘감기는
미래파선언의
다급한 뒷풀이 되풀이

　　콤퓨토피아
　　콤퓨토피아

푸른 유리의 바다
그 투명한 바탕에 수놓아지는
구름의 사투리

설레이는 가락끼리 맞맞아
싱싱한 색채언어를 빚어놓는
희망봉 언저리

윤무하는 지중해
감푸른 진명곡秦鳴曲을 타고 흐르는
월인月人의 자기磁氣서린 추파

내 정신의 실내파수室內把守
파초의 비수悲愁 속에 부각되는
허탈

튕기면—
약지로 튕기면 피어나는 황홀
꽃자주빛 장미의 명인鳴咽

노랑 고양이의 기억 속에
녹음되는 아라베스크
은막에 흐르는 에스프리의 되풀이

　　포에뮤토피야
　　포에뮤토피아

한와집 寒臥集

1

황막한 한파 속
퇴색한 깃발들은
갈래갈래 찢어진
절망의 혓바닥으로
낼름거리며 내둘렀다
목마른 외침 뒤에 오는 기진맥진
그것은 나부끼는 것이 아니라
스스로를 태우며 종식하는 것

2

냉혹한 시간의 가지 사이로
일월은 숙연히 오르내리고
까닭 모를 낭비로
언어를 풍장風葬하는
시인의 고향에는
철 따라 소쩍새도 울고
제법 소담스레 창포꽃도 피건만
신의 이름으로 피는 파랑꽃은
위험한 그늘에서 묵비默秘를 가장한다

3

까다로운 시신詩神의 원자로엔
야릇한 불씨마저 꺼져가는가
목성행 로키트엔
우주파 작가들이
기괴한 잠공복潛空服을 하고
조종간을 잡았다

4

그 무슨 딱한 열매를
훔쳐서 따먹었기에
저리도 모두 슬픈 사람들이랴
알라스카쯤에서 떠내려와 유랑하는
부빙浮氷의 무리 같구나

설원행雪原行

설원을 간다
설야雪野를 간다

소슬히 여백진 땅자락 표피엔
숫눈이 길길이 쌓이는
순수한 순백의 벌판은 있었는가
새로운 생명의 싹이 태동하는
신명나는 아, 이 신성한 설원

설레이며 난무하는
신기스런 나비떼로
서물서물 휘몰려드는
시원스런 눈보라 속

서글피 사원沙原을 메아리하는
서투른 나팔수 발자국 따라
사구沙丘를 넘어가는 모로코의
쓸쓸한 외인부대처럼

설원을 간다
설야를 간다

숱한 별송이로 꽃송이로
삼박 깜박 반짝이던 눈동자들
살그머니 속 소리로 소근거리던
상냥스런 애틋한 목소리들

수울 술 흘러내리는
서느로운 강물에 띄워보내듯이
속절없이 다 버리고
속 시원히 다 버려 던져두고

설야를 간다
설원을 간다

기러기를 위한 사행시

달이 부리는
요사스런 광기 따라
교묘한 분장으로 변모하는
구름밭을

청승맞은 메아리로
밤하늘을 누비면서
언제까지나 이대로만
비상을 지속할 수는 없다

구름의 살여울을 타고
부감俯瞰하는 금수錦繡의 산하
기억이 일렁이는 갈꽃의 군무
향수서린 호반의 갈밭

은하의 성운星雲인가,
예지로운 보석으로 무리져 깔린
침잠하는 호수 언저리
갈뿌리 설엉킨 매혹의 영토

피어린 단단한 발목에
그 무슨 신기한 소식을 달고 왔기에

흑진주는 반짝이는가
순수를 방사하는 동자여

긴 배회 끝에 이루어지는 귀환,
줄지어 떼지어 계절을 몰고 와서는
누적된 회한의 차가운 호수로
쏟아지듯 떨어지는 투신

황야에 울려오는 원뇌遠雷,
빙설의 계절 속에서도 오히려
피차를 신뢰하는 천진한 가족,
조화로 단란한 기러기떼야

강변초江邊抄 (1)

단장을 휘두르며
가늘게 부는 휘파람
안단떼 · 칸타빌레

탄력 있는 페이브먼트
느릿한 보조
호젓한 강변로
호소하는 관악
외로운 멧봉우리
남쪽으로 사라지는 물새

침묵을 삼키고 흐르는 강
바닥을 방황하는 비애
무無를 부화하는 무수한 포말

저만치 허공을 점령하고
녹아들듯 피어나듯
황홀한 호수

소박한 영혼들의 고향인가
응결하는 투명체
일렁이는 파문

그 파문 사이사이
겹겹이 쌓인 신비
그 신비 따물고 사라진 새들

전설의 실가지 느리운 수양
누우런 그늘에 꿈틀거리는
욕정의 덩어리

낄낄거리며
뜨거운 입김으로
끈덕지게 흐느끼는 포옹

희고 가느다란 소녀의 목아지
부질없이 간질이는 가을풀
먼 추억의 비늘로 우는 귀뚜라미

조락의 처절한 눈망울로
고개를 비틀고 선 해바라기
강풍에 펄럭이는 검은 의상

밤하늘에 뿌려진 보석
응시하는 소년의 오막살이
가난한 마당귀

축복을 애원하는

지쳐버린 파초芭蕉
치켜든 해어진 팔들

짝을 잃은 밀화부리의 고독
계절이 몰고 온 슬픈 축제
호젓한 강변로

단장을 휘두르며
가늘게 부는 휘파람
안단떼 · 칸타빌레

별들의 유원지

북한산을 거쳐
안산鞍山을 타고 넘어온
능구렁이 계절풍은

길길이 자라난
수양垂楊의 머리카락을
마구 흔들어놓았다

묵상에 잠겼던
푸른 풍차의 날개죽지를
빙글빙글 돌려놓았다

세월처럼 돌아가는 회시탑廻施塔은
멀미날 듯 취할 듯 어지럽지만
짜릿짜릿하면서 핑 핑 핑
돌고만 싶어라

우울을 훨훨 날려보내는
회전목마야
눈을 감으면
천마를 타고 구름밭을 달리는 맛이로다

희디흰 배꽃이
노오란 은행잎이
나비떼로 번갈아 날아드는
이 꽃동산에

신화를 씹으며
긴긴 목아지를 쳐들고
기린은 환상 속을 걸어오고

파아란 호수 위엔
백조의 무리 미끄러지듯
속삭이며 떠가네

수양사垂楊詞

네 그늘 밑에 살아보라고
가늘고 연한 팔로 끌어당기고
잔잔한 바람 불러모아
푸른 그늘을 마련해놓았구나

치렁치렁한 머리를 풀어
미풍에 하느작거리며, 휘감기듯
나의 자줏빛 사색을 애무하는
서정의 나무야 요조하구나

하늬바람 부는 날 밤엔
얽힌 가지 사이로 흰 달을 불러놓고
'목신의 오후'를 추는 발레리이나
너도 노자처럼 허리가 굽었구나

사물사물 어루만지듯 희롱하듯
예까지 나를 유인해놓고는
가랑비 속에 말없이 잠들어버린
풍류의 나무야 왜 말이 없느냐

사월의 비가秘歌

슬픈 우상 가슴속 깊이에
소리 없이 피어 하득이는
희디흰 목련화

사월의 풍랑을 타고
흐느끼는 흰 두루미의 비가
그것은 나의 아픈 명인嗚咽이다

돌아오지 않는 다리 저쪽으로
서서히 사라지는 현란한 무지개
떨리는 손 저어 허공을 흔드는 이별

─부활절 아침에 다시
순수한 미소로 정다이 다가서는
나의 젊은 여신

오월에게

관악 봉우리 너머로
옷자락 머리카락 휘날리며
싱그런 꽃바람 타고 몰아
당신이 불현듯 오시면

살구꽃 라이락이
짙은 향기 흩날려 활짝 웃어
수양도 스르륵 머리 푸는데
황홀한 꾀꼬리울음

야릇한 미소 수줍은 보조개로
메이퀸 영이가 성장하는 날
저려오는 그넷줄 설레이는 포옹
방울진 속눈썹 이슬알

아카시아 늘어진 꽃송이
꿀향기 풍겨오는 중낮
백운대 봉우리 스치며
당신은 어디로 가시나?

강변초江邊抄 (2)

가을날
수자원 촌
저무는 강변로

목마른 강
강을 본다

바닥이 드러난 강은
이미 생명을 잃은 황지荒地
서글피 나부끼는 명사名詞일 뿐

때아닌 홍수로
제법 출렁거려본다지만
허사

관악
연봉連峰 가물거리는 능선
간지러운 시선

바람의 장난
갈갈이 찢기운
파초의 날개

흔들리는 갈대꽃
유랑하는 외로운 백로
바람살 타고 강을 재단하는 제비들

찬란한 웃음은
목쉬인 비가로 수그린
해바라기의 투영

은밀한 밀실
충혈하는 약지
벽에 타 번지는 놀

오염지대
바람의 비가 속
신의 한숨소리

그리운
새 영토

가을날
수자원촌
저무는 강변로

달
흐느끼며

달도 뜨렸다

환상곡
―혜산 형兄山에게

회오리지며 날아오르는
속살거리며 흘러내리는
그 저쪽 봉우리 뒤로
당신의 봄은 다시 터옵니다

먹향기 은근히 풍기는데
의젓한 귀거래사 구절구절은
튀겨지는 거문고 굴곡진 가락으로
말쑥한 둔주곡 밟으며 꼬리치는구려

이끼 낀 바위들의 묵묵한 묵상 속을
당신의 피리소리는 요요히 흘러가는데
생애를 말없이 따라온 두 손길 펴보니
그래도 미소지으며 나를 바라 반기네요

외로운 소나무랑 어루만지며
새들이 돌아가는 서쪽 등성이에서
새봄의 향연을 마련하기 위해
당신의 산방은 문이 열려 있구려

일월日月 속을

새벽안개 속에
되살아오르는 기억의
둥근 덩어리

피맺힌
장미의 오인으로
서서히 날개를 펴며

버려진 인간들의
아른한 꿈속으로
계시의 빛발을 쏘는
더없이 화려한 실재자

아린 시간이 파문져오는
안타까운 막바지에 서서
염천을 덮어쓰고도
오히려 늠름한 휴페리옹

신비로운 석노을 속에
수놓아지는 가지가지의
나의 슬픈 이메에지

기러기 줄지어가던
저어기, 허허로운 무상의 바탕
뿌려진 보석의 바다 속을
넘나드는 나의 둥근 이데에

정다운 미소로
해바라기의 심정으로
석류의 순수한 허락을 기다리며
이 일월 속을 살아간다

부활

어둠이 사글사글
부서지는 소리 속에
어둠의 허물을 벗어 밀어놓으며
가사의 후줄구레한 상태에서
나는 다시 태어난다

갈아입은 새 껍질에
아롱아롱 무늬가 돋기 시작하는
먼동 속에 밝아오는 새날 속에
너는 새로 다시 태어난다

무늬 속에 일렁이는
현란한 이메지를 어루만지며……

기수가 말을 타듯
파도가 파도를 타듯
진종일 시간을 타고 도는
돌다가 지쳐버리는 틈바구니 속에

고독한 여인은
밤의 날개를 타고
벽장에 걸어놓은 의상은

나비처럼 잠이 든다

펼쳐진 한 폭 수채화
밤의 냉기 속에 바글바글 용해되는
진주알 포말

시간이 열어놓는 새벽
화사한 무대 위에
낡은 껍질을 벗어버린 나비로
너는 다시 태어난다
싱그러운 빛을 마시며……

한라소묘漢拏素描

몽고에서
'티베트'에서 몰려온
황진黃塵 섞인 끈덕진 떼구름
구름필 휘감은 채 갈색 이마로
긴긴 세월 요 자리에 외로이 뿌리박고
지루한 낮과 밤, 내가 바라다보는 것은,
엎치락뒤치락 백곰떼 재주넘기였다가
사방에서 일제히 몰려들어 날 포위한 채로
달겨들어 물어뜯다가 쓰러지는 백호떼 사자떼
저 출렁이며 너들거리는 벽파碧波의 무의미한 벌판일 뿐
'둥구데 당실'
'둥구데 당실'
향기론 감귤에, 싱싱한 도미에, 요염한 동백꽃 피우고
송아지떼, 망아떼, 뛰노는 탐라의 마을 마을
내 자락에 감싸 거느리고 키우며 사네만
먼 먼 그 옛날 터뜨렸던 요란한 울분
가슴속 깊이 삼키고 마개 막아둔
내 속마음을 그 누가 아라디야
컴컴한 굴 속 깊숙히 남몰래
꽃구렁이 쌍쌍이 잠재워두고
묵묵히 도사리고 앉아
이렇듯 딱한 태연으로

막막한 허무를
살아가고
있다네.

신촌야화 新村夜話

봉원사에
백목련이 피면
부활절이 왔다간다

단장을 끌며
진도珍島를 데리고
휘파람을 불면,

만취한 사월팔일이
노들강변을 부르며
떼지어 지나간다

안산鞍山 바위 등 타고 바라다보면
산문시 같은 것이 아물거리는 종로
이조오백년이 저렇게 변신했다

위선僞先을 간선干先 앞지르는
달걀귀신의 합송合誦소리

장미파아티랑 열고
노자연老子然 도연陶然해가지고서리
기세를 약간 올려도 보지만

다방솔 솔그루 사이로
도마뱀이 살살 사라지듯
세월은 서천으로 숨어버리고

해바라기가 처참히 시들면
한강하류를 맴도는 낙조가
신화 속마냥 신비롭기도 하지

별들이 보석같이 쏟아져오는 밤
작설차가 구수해올 무렵이면
멍든 울음으로 봉원사 종이 운다

서울 부감俯瞰

인왕산 꼭대기
떡바위 등을 타고 앉아
서울 구경을 하네

밥상을 받듯
눈앞에 펼쳐놓은
이조오백 년의 서울

하늘은 푸르고
역사는 유구한데
서러울 것 하나 없네

저어기
하늘을 찌를 듯 쌓아올린 건
자유쎈타 탑이렸다

저건 무슨 대학,
저건 무슨 은행, 무슨 병원, 무슨 성당,
저건 또 무슨 무슨 호텔……

쑤욱쑥
잘도 솟아 올라간다

멀잖아 마천루도 생길 테지,
삼백여 미터짜리 서울탑도 솟을 테지

—미지근한 악수,
—목메인 아리아,
—코를 찌르는 메탄까스,
—발길에 휘감기는 파랑나비떼,
이런 것들 틈서리를 빠져나와
탈피하는 서울의 신음소리를 듣네

하늘은 푸르고
역사는 유구한데
서러울 것 하나 없네

인왕산 꼭대기
떡바위를 타구 앉아설라무니
서서히 서울 구경을 하네

봄 · 신화

신의 입김이 서렸는가
봄하늘은

약동하는 젊은 영상을
송두리째 반영하는
신비 가물거리는
망막한 청잣빛 하늘

인식의 응시로
한층 빛나는 흑보석
까아맣게 깊어가는
낯설은 동공 동공 속으로
빨려들어가는 너와 나의 애환

서로의 은밀한 밀실을 더듬는
예리한 탐색전은
스타라빈스키의
'병사들의 이야기'
음양학의 음향

살바돌 다리의 회중시계
초음속 시침에 걸려

걸맞아 걷돌아가는
상대성 원리
수놓아지는 새알무늬

계절의 지휘봉을 거부하듯
뿔뿔이 봄나들이 떠나는
새들의 날개소리는
경쾌한 하아프소리
허망한 묵은 시간이 사라지는 소리

이러한 계절 속에 들뜨는 나는
인왕산 언저리를 메아리지는
넘버 나인의 코오러스를 마신다
신의 휘파람을 마신다

이목구비

어느 여름날—
해운대 푸른 바닷가
동백섬 솔밭 속에 누워 있었다

오륙도를 내여다보았다
휘몰아오는 푸른 기류
해조음海潮音을 마셨다

그 바닷바람에
아내의 심장탈은
살짝 사라졌다

아내—
내 아들들을 낳은
소중한 어머니

어머니와
내 가족 속에
신성한 내 조국은 있었다

애들과 더불어
나도 나란히 누워

가족의 '족' 자를 생각해보았다

전복을 씹으며
민족과 혈족의 '족' 자를
생각해보았다

갈매기의 독백은
해변에 뿌려지는
고고한 시어

나란히 누운
내 가족의 이목구비를
살펴보았다

풍토기風土記 (1)
—하나의 REQUIEM으로서

잊어버릴 수 없는 시인의,
시의 시체를 매장하면서
우리는 마셨다, 뿌우연 막걸리를
밤나무 우거진 창동 골짜기

밤나무는—길쭉한 밤꽃은
투박한 냄새를 풍기며
잎사귀들을 번득거렸다
죽음을 부정하듯, 긍정하듯
훈풍에, 유월 햇살 속에

이다지도 시인의 피를
뜨거운 시의 선지피를
흘리고 뿌려야만 했던가,
행길, 어설픈 아스팔트 바닥에까지
나의 잔인한 풍토여

삶과 죽음의 갈림길에서
제각기 부산히 서성거리다가
잠시, 푸른 기류 속
상수리나무 숲, 실재의 숲 속에
터무니없는 표정으로들 모여 앉아

우리는 터뜨렸다
울음 섞인 홍소哄笑를

도봉 쪽으로
말없이 떠나가는 희푸른 구름은
초연히 이별을 고하는가
하이덱거의 시간의 흰 보자기

그 흰 보자기 사이사이로
나는 보았다, 감푸른 하늘 속
어쩔 수 없는 저 미지의 깊은 신비,
시인의 본향을, 잊어버릴 수 없는
짙푸른 허무 속을

풍토기風土記 (2)
―천불동회상千佛洞回想

나는 가벼운 차림의
가을 나그네
설악 깊숙한 산 속
만산홍엽 화려한 단풍 속을 누비네

우리네 터전 속에
이렇듯이 놀라운 고장이 있었던가
금강에서도 찾아볼 수 없었던
천불동 가을 계곡

청자로 깔리운 우리 하늘 아래
펼쳐놓은 이 아찔하게 눈부신 별천지
단장은 나의 세월의 반려
오늘도 이승 속 극락을 더듬어 동행하네

온갖 번뇌와 우수를 몽땅 털어
저, 주옥 같은 맑은 흐름에 띄워 보내고
차라리 소리 없이 여기에 머물러
내 오래오래 살고 싶어라

망월사(望月寺)

징소리 있은 듯
막이 허공으로 오르면
도봉 낭떠러지 아래 전개되는
그럴듯한 본격무대

이럴 때 나는—
극작가에다 연출가에다 배우
장치에서 의상 소도구 조명
효과에 이르기까지 도맡아
해내고 싶은 그런 심정인데……

난데없는
소복을 한 여인의 등장
환상곡을 밟는 듯
소슬히 거닐며
'나무아미타아불'

기실 사람은
누구나가 하나씩의 배우
제가끔 제 무대에서
제각기의 극의 줄거리 속에서
제멋대로 놀아나는 광대

살어 살아가다가
마침내 이 세상을 하직하는 날
그야말로 죽어서 뻗은 표정은
그의 가장 진실한
지상의 마지막 연기—

대비大悲의 숲 속
이 적요지대에서
말없이 달이 떠오르면
목탁을 두드리고
별들이 흩어지면
쇠북을 울리며……
'나무아미타아불'

여기는
쏘크라테스의 '가두문답'도
이태백이의 '산중문답'도
이미 끝난 곳

삶의 신앙도
죽음의 신앙도
세상도 인생도 무엇도
모두 이미 끝나버린 곳

이럴 때 나는

숫제 가정법을 쓰는 것이요
어디 말짝 끝나버리는 게 있었어요?
줄창 지속이 있을 뿐이지……

현혹의 계절을
훨훨 벗어버린 여기
바야흐로 달도 휘영청
그럴법하게 떠오르는데

옥로수 돌절구에 굴러
떨어지는 물소리 들어가며
하룻밤 쉬어세 그려……
'나무아미타아불'

서귀포기별 西歸浦寄別

한라산 묏부리
백록담 언저리
흰 눈에 덮이고 쌓이어
말없이 눈보라만 날리고 있는데

서귀포 려사旅舍 뜨락엔
동백이 송이송이
수줍게 피었소

새큼하고도 달콤한 밀감을 씹으며
맑고도 잔잔한 앞바다 바라보니
알 수 없는 애상이 잔물결 쳐오네요

고삐도 코뚜레도 없는 소들이
떼지어 내 옆을 지내가다가
뭣하러 예까지 찾아왔느냐기에

함박 같은 전복 좀 먹으러 왔다니까
젖은 코를 히죽 버룩 벌렁거리며
씩씩 웃데요

꼬리에 꼬리 물고 줄지어 쌓아놓은

전설 같은 돌각담 사이엔
장끼와 까투리가 데이트를 즐기는데

돌고래마냥 풍덩
푸른 파도 속으로 뛰어드는 해녀들의
휘파람소리를 듣고 있다가
따내는 다께(용새우)를 구경도 하고요

천제연 폭포소리에 날이 저물고
서귀포 앞바다에 달이 뜨며는
옥돔을 구워놓고 한잔하지요

하루살이

인생 일생을
하루에 비한다면—

아침 여섯 시는
이 세상에 태어나는 빛나는 시간

저녁 여섯 시는
이 세상을 하직하는 서글픈 시간

일곱 시면 다섯 살
여덟 시면 열 살

열두 시는 서른 살
인생이 활짝 피는 정오

하오 세 시는 마흔다섯 살
불혹과 지천명의 고빗길

저녁 여섯 시는 인생의 일몰
회갑이 온다

인생 일생은

이렇듯이 짧은 것인가

일 년은 십이 분 한 달은 일 분
그러니까 하루는 2초로구나

해뜨는 소리 쩩
해지는 소리 깍

째깍하는 2초 소리 속에
하루는 살짝 꺼지는 것이로다

그런데, 당신의 시간은 지금
몇 시 몇 분이 됩니까?

율곡동상

여기
인왕산 기슭
사직공원 한복판에
도포에 관 쓰시고
인자하신 모습으로
서 계시는 당신

눈앞에 놓인
유서 깊은 제례 터
그날의 신화 생생히 서려 있는
사직단 살펴보시며
유구한 시공, 역사를 주름잡아
헤아려보시는 당신

늦가을
새파란 하늘
머리에 이시고
먼먼 앞날의
우리의 역정을 지켜
내어다보시는
높으신 이념의 자세

두고 오신
석담오곡石潭五谷
맑고 차가운
시냇물소리
향도촌香稻村 누른 벼
향기로이 익는 마을
그리움 하시는가 호젓한 향수
기러기도 줄지어 날아간다

현대의 신화 속에
우리의 새 역사는
끝없는 창조를 계속하고
백절白晢의 이마 번뜩이며
오늘도 동상 앞에 모여드는
당신의 예지로운 후예들

제 6 부 지구촌

반포비가盤浦秘歌

1

시원의 실가지를 더듬어 기어올라가볼 양이면
한 가닥은 저 향로봉 골짜구니 피의 계곡에까지 이르렀고,
한 가닥은 또 그 저 설악산 천불동 계곡 깊숙이 꼬리를 감추었는데.

또 한 가닥 굵직한 남쪽 가지는 다시 휘돌고 감돌아 올라가 저 오대산 자락 갈피에 파고들어.

태백과 소백의 그 옹골찬 산맥의 갈피진 골짝에, 그 발원의 뿌리들을 박고 유유히 흘러내리는 너.

이 밤에 너의 비통한 아우성 같은, 절규 같은, 암흑의, 침묵의 메아리, 흐느끼는 흐름의 소리, 아픈 신음소리를 한꺼번에 듣는다.

2

갈라진 실가지 흩어진 잔가지 서서히 합치고 뭉치고 하여, 무작정 한 줄기를 이루어 흐르는 줄기찬 너의 의지 너의 폭넓은 조화.

네 기슭에 엉거주춤 멍하니 서면 허허로운 바람의 울음 섞인 한숨소리 풀리지 않는 수수께끼의 파문일 뿐.

걷잡을 수 없는 네 유실流失의 원리. 헤아릴 수 없는 엄청난 낭비의
생리 그러나 네 유역을 벗어날 수 없는 나의 슬픈 숙명.

3

여기는 본디 잡초 우거지는 쓸모없는 황무지였다. 삭막한 습지였다.
강기슭 니녕泥濘 위에 세 갈래 발자국 졸로리 내며 내왕하는 물새의 고독
한 울음소리 똘룩 똘룩 똘룩 삐이.

강반의 이 거창한 무슨 기적의 퇴적 같은 이 단지는 꿈속 같은 살림
살이의 성곽지대.
자줏빛 은빛 비둘기들의 사랑의 보금자리인가.

까닭 모를 느슨한 거절이듯 바람의 외줄을 타는 제비의 곡예는 우리
들 삶의 비결을 희롱하는 것인가, 아니면 무관심한 나랫짓인가.

4

관악이 검은 날갯죽지를 접고 도사리면 추파이듯 송이져 피어 깜빡
이는 별무리. 옥상은 그대로 나의 슬픈 첨성대로다.

터무니없이 즐비한 이 단지의 밤하늘을 불질러놓는 것은 누구인가.
그것은 순간을 태우는 푸른 불줄기로 신비로운 선을 그으며 달아나버린
유성의 작란作亂.

그것은 서쪽 하늘로 무심히 사라져버리는 우리들의 마지막 사랑의
화살.
　돌아오지 않는 화살이어라.

풍토기風土記
― 푸닥거리

뽕나무 활에
복사나무 회초리 화살
화살 끝에 모밀떡을 꽂아서는
사방으로 향방을 잡아 쏘아 던지며
무당 핼미는 종알거렸다

―너두 먹구 물러가라
―또다시는 현신 마라

이튿날쯤 갑덕甲德이는
자리를 휙 걷어차고는
툭툭 털며 너털웃음치며
거뜬히 일어나는 것이었다

동글납작 빚어 삶은
모밀떡 구수한 맛을
잡귀들도 고맛을 알았는지
곱게 먹고 살짝 물러가고는
다시는 나타나지 않았다

초가집 지붕 위에서는
박꽃이 생글생글 웃고 있었다

시인단지

A동

무슨 희한한 축제일인가보다. 베란다마다 모두 푸른 깃발들을 내걸었다. 푸른 기류에 멋대로 허덕이는 푸른 보자기. 푸른 단모음의 시위. 잘은 모르지만 뒤틀려 뒤범벅이 된 내부분열의 혼성합창. 벽 때문인지 지휘봉이 맥을 못 쓰나보다. 푸른 휘파람을 불며 나는 지나간다.

B동

갑작스레 누가 죽었나보다. 아뿔싸. 베란다마다 모두 적기弔旗를 느리웠다. 검은 기류에 흐느적이는 깃발들. 구성진 자음의 마찰음. 가슴마다에 달린 상장喪章은 할딱거리는 한 마리의 검은 나비. 목메인 조사弔詞 흐느끼는 넋두리. 비장한 낙조 속에 울려퍼지는 장송곡. 노래하던 한 마리 순수한 새. 사라진 어여쁜 새여. 진정 슬픈 것. 그것은 시인의 죽음이로다.

C동

노랗게 물든 은행잎들마냥 베란다마다 나불나불 노랑깃발들이다. 향기 풍기듯 팔랑거리는 투명한 반모음의 파도. 녹지대 공원벤치에 부엉이 도사림으로 둘러앉아 미래학 심포지움을 시작하는 노시인들의 은근히 토해놓는 황색언어군의 군무. '이봐 육자배기면 젤인가? 나 원 참'

이 현혹하는 색채 속에 멋진 선율로 메아리하는 제비족 젊은 시인들의 뜨거운 연가戀歌. 젊은 여신 같은 여류시인이 하아프로 반주를 하더라. 노랑 노랑 노랑 울려나와 나를 휘감아주더라.

조용한 개선凱旋

푸른 음색, 경쾌한 리듬이다
밀고 당기는 끈질긴 역학 속에
날아드는 시간의 날개
화사한 햇살 속의 포옹
오렌지 빛깔의 황홀황홀이다

에밀레종소리 퍼지는 창공
젖빛 구름의 몸부림은
우리들 해학의 변신, 나부끼는 개선의 깃발이다

무리진 보석의 찬연한 행렬
은하를 가로질러온
아르따이르와 베에가의 만남이다

조용히 점령되는 밝은 공간
백사장에 밀려드는 소리 없는 파도
허무를 나래치는 갈매기떼의 난무
난류와 한류의 갈피를 누비는
해파리들의 군무

우주의 원리를 교묘히 노래하는
밀화부리의 탐스러운 부리

일체를 거부하는 순금의 거북은
순수를 겨냥하는 침묵의 미학이다

빛을 폭발시키는 다리 다리
끝없이 펼쳐지는 자작나무숲
하늘문이 열리는 별들의 유원지로
보랏빛 시간의 날개를 펴
날자, 줄기차게 날자

학무鶴舞
―한성준 옹의 학춤 동경공연을 회상하면서

메마른 일월 속에
구원한 향수 불러
느슨한 가락을 밟고
침통한 자세로
묵상에 잠겼는가
한 마리의 학

떡꿍 타악
절대의 엄정한 울림
명고수의 전통의 울림
전신을 치는 가락이
뚝 떨어지자

칠색의 현란한 조명 속에
서서히 펴 드리우는
떨리는 듯 설핀
왼쪽 외날개

비장한 몸부림은
뒤틀리는 변조變調로
바람의 폭을 타듯
휘이 휘 휘 휭

펴올렸다 접어서 도사리고
다시 펴들어 너울너울
해학의 멋진 날개짓
일렁이는 흥!

천지가 호응하는
산천이 화답하는
직관의 유현幽玄한 율동은
가슴속 저 깊숙한
밑바닥에 지펴진 불송이
불길의 소용돌이
숨가쁜 메아리

목메어오는 신비론 도취
방울져 떨어지는 눈물방울
우주정신의 화신이런가
신묘한 날개짓으로
바다 같은 무대를 휘몰아
오뇌와 굴욕의 땅
땅덩어리를 걷어찼는가

신운神韻 서린
흰구름필 잡아타고
감푸른 궁창 드높이
훠얼훨 비상하는

한 마리의 학을 본다

동일비가 冬日悲歌

그 수많은 새들의 노래소리는
그 가지가지의 색채와 향기로
피어 하득이던 꽃들은
또 그 천진난만한 자유주의자
뛰놀던 들짐승들의 무리들은
모두 어디로 사라져버렸는가
저 외로움으로 처절히 울부짖는
한 마리의 여우를 남겨놓고

노송 삭은 가지에 쭈구리고 앉았던
침묵의 맹수 고독한 독수리는 또
어디로 날아가버렸는가
함박눈과 더불어 소리 없이
쌓이는 이 침묵
그것은 실존 위에 쏟아지는
시간의 잔해
그것은 무한과 유한 사이를
얽어놓는 무의미한 선과 선의 교향

그러나 장엄한 계절이여
엄정한 섭리 속에 피어나는
한없이 부드러운 허망한 꽃송이들

나의 꿈과 현실 사이를 하염없이
난무하는 나비떼 나비떼여

얼어붙은 듯 말똥거리는
파아란 눈동자 사이를 누비며
나의 시선은 오리온을 거쳐
외로이 졸고 있는 폴라리스에 꽂힌다
이 차가운 다이어먼드의 벌판 우러러
할딱이는 나의 예지여

별은 나의 영혼의 본향
저 무한대한 은하우주 저편에
미지의 세계는 전개되는 것인가
찬란한 나의 새 우주는
서서히 열리는 것인가

무등산장無等山莊

짙은 아침 안개가
살포시 나를 포위한다

무등산 외진 골짜기
안개무덤 속에서
나의 의식은 몽롱하다

밤새도록
온몸에 스며든
계곡 물소리에

해맑갛게 씻기우고 바래진
투명한 나의 심령

이른 아침 까치소리는
나의 정수리를 쪼아
되살아나는 오염발작

회오는 꼬리치며 꿈틀거리고
비애는 다시 나래를 펴는데
내 이제 다시
개울가로 내려가야 하는가

혜화동 로우타리
플라타나스 밑을
서성거리던 나

반포동 강기슭
억새풀 우거진 숲 속에서
먼 하늘만 바라보던 나

나를 데리고 예까지 왔는데
노자 같은 노인과 마주 앉아
너털웃음도 웃어봐야겠는데

원정園丁에게

일찍이
신이 펼쳐놓으신 동산
호젓한 언덕 위에 집을 짓고
종달이 노래 반주로 연못을 파고
그 언저리엔 방울난초 심어놓고

은행나무에 벽오동나무
향나무에 단풍나무
자작나무에 은사시나무
모과나무에 수양버들
가즈런 가즈런 심어놓고
길길이 길길이 길러놓고

맑고 신선한 공기를 마셔가며
달고 시원한 냉수를 마셔가며
흙향기 꽃향기 마셔가며
신비론 하늘 우러러 기도드리는
당신은 생산하는 시인

'수양은 말이 없고'
'달이 둥근데……'

삽살개 대신
꽃사슴 기르며
괴테하우스 같은 온화론 집에서
신판 파우스트라도 구상하시는가

일찍이
신의 축복으로 태어나신
당신은 천진스런 시인
당신은 낙원의 원정

별들의 향연

현란한 우주시대
구름의 구릉지대 누벼
평행선 그으며 뻗어내려온
여기는 별들 유원지

가슴마다 마음의 문
활짝 열어제치고
다시없이 온화로운 친화력으로
우정의 돛을 높이 달자

저, 에게해 이오니아 타고 넘어
아크로폴리스, 파르테논 거쳐
멀리는 아마존 거슬러올라가
잉카의 신비로운 폐허까지

내렸던 닻을 다시 감아올려
육대주, 오대양 그 어디나
펼쳐진 앙양한 무대 위로
별들의 항해는 자재로워라

삼각산 백운대에서 부감하는
흘러간 이조 오백년의 역사

별무리 무리져 찬연한 밤하늘
젊음과 낭만의 끝없는 향연이여

축도

금빛 날개 펼치며
새해 새 하늘에 눈부신
태양은 황홀히 솟아오르고

동해의 검푸른 파도는
넘실거리며 춤을 추는데

끝없이 열려진
파아란 하늘자락을
비둘기떼는 나래쳐 나래쳐
원을 그리며 날아오르네

아, 이 울렁이는 가슴에
뭉클 솟아오르는 큰 소원

—내 국토와 내 겨레의
—평화로운 완전통일

실로 오대주 육대양
끈질기게 누비며 휘날리는
태극기의 힘찬 대열 대열

—전진과 번영의 한 해이기를

빛나는 우리네 전통
한국인의 긍지와 슬기를
만방에 떨치는 한 해이기를

—신의 무한한 은총으로 살아
—무궁한 발전 약속한 하늘 땅

찬란한 금빛 날개 펼쳐
정의의 날개로 창공을 주름잡는
승리로운 독수리의 날개이기를

강변환상

자욱한 안개 속에
고요히 흐르는 강물은
멀리 산골짝 발원지의 산바람을
잊지 못해 머흘거리는가

지난날 대궐의 망아지떼 뛰놀던 강변
화양정의 흥겨웁던 풍류를 잊지 못하는
뚝섬 숲 속 고목나무들이
오늘을 살며 회상에 잠기듯이

잎을 말짱 털어버린 강뚝의 실버들들
강바람에 머리카락을 하느작임은
미쁜 딸들의 서글픈 율동인가
상냥한 미소어린 고전적인 춤이런가

증발하는 시간을 응시하며
백로 두세 마리 물살을 타는데
저어기 아차산의 의젓한 봉우리 위를
환상의 날개 편 채 흰 구름이 떠간다

자욱한 안개 속에
내가 서 있다 홀로 서 있다

결핍과 지향의 매듭으로 묶은
삶의 연속성

_박선영

1. 생애와 작품 경향

양명문은 도쿄 센슈대학 법학부 유학 시절 첫 시집 『화수원華愁園』 (청수사, 1940)을 상재하며 본격적인 작품 활동을 시작한다. 이후 타계하기 1년 전인 1984년 『지구촌地球村』(양림사)을 출간하기까지 『송가頌歌』 (문예전선사, 1947), 『화성인火星人』(장왕사, 1955), 『푸른 전설傳說』(동신문화사, 1959), 『묵시록默示錄』(정음사, 1973), 3인 공동시집 『신비한 사랑』(영산출판사, 1983)과 시선집 『이목구비耳目口鼻』(정음사, 1965)를 펴내며 활발한 활동을 벌였다. 그러나 40여 년 이상의 꾸준한 시력과 만만치 않은 작품량, 중심적 문단활동에도 불구하고 대중적 인기를 얻은 가곡 〈명태〉의 작사자로 알려져 있을 뿐, 본격적으로 주목받지는 못했다. 이는 화려한 기교 대신 평이한 시어로 무심한 듯 감정을 직설하는 특징, 두드러진 반공 색채와 종교성, 전통적 주제와 감성 등이 타계 이후 평단의 분위기나 취향과 그다지 어울리지 않았기 때문이 아닐까 한다. 그러나 1950~

1970년대에 걸쳐 주요 문예지는 월평과 단평란에서 그의 시를 꾸준히 다루었으며, 수백여 편에 이르는 작품량 또한 만만치 않다. 무엇보다도 소박하지만 특색 있는 토속어를 감칠맛나게 살려 평남의 문화와 풍물을 그린 초기 시, 예리한 지적 반성을 전통 소재에 담아 담담한 고백조로 기록한 중후기 시들은 그만의 개성적 영역이 분명함을 확인시키고 있다. 따라서 그의 시세계 전반을 조망하여 적절한 지위를 부여하는 일은 시사적으로도 반드시 이루어져야 한다.

한일합병 3년 후인 1913년, 평양 거상의 아들로 출생한 양명문은 식민지시기의 격랑을 통과하며 혼란스러운 청년기를 보냈다. 부유한 가정환경 덕에 일본으로 유학할 수 있었지만 식민지배 중심도시에서 느끼는 피식민지 청년의 울분과 상실감은 조선의 여느 청년과 과히 다르지 않았을 것이다. 법학을 전공했으나 감수성이 예민하고 낭만적이었던 그는 유학 시절 전공보다는 사색과 시 쓰기에 몰두한다. 첫 시집 『화수원』을 발간한 후 박남수, 김종한, 함윤수 등과 함께 동인시지 《이정표》를 준비하던 그는 한글로 책을 내려 한다는 이유로 일본 경찰에 원고를 압수당하기도 하는 우울한 시절을 보냈다. 해방 이후 기쁨을 안고 평양으로 돌아왔으나 기대감도 잠시뿐 곧 사상적으로 맞지 않는 사회주의 이념 아래서 작품을 써야 하는 처지에 놓인다. 당시 발간된 두 번째 시집 『송가』는 월남 이전 평양에서 출간되었다고 알려져 있었지만 얼마 전까지 존재를 확인할 수 없었던 바, 아쉬움이 컸다. 그러나 최근 『송가』의 온전한 모습이 미군정청 자료로 발견되어 작품 전반을 빠짐없이 조망할 근거가 마련되었으니 참으로 다행한 일이다. 발견된 『송가』를 살펴보면 구성 면에서 흥미로운 추측을 전개할 수 있다. 『송가』는 총 4부로 구성되어 있는데 시골 정경과 풍물을 소재로 한 전통적 감성이 작품 전반을 아우른다. 그는 행복했던 유년 기억 속의 농업공동체를 되찾은 조국 땅에서 회복할 수 있으리라는 기대감을 강하게 품고 있었다. 그런데『송가』는 지방색 강한 풍물과 살림살이 등을 자유롭게 노래한 시편들, 이러한 주제를 공산주의 체제 찬양 내용과 억지로 맞춘 듯한 시편들로 확연히 나뉜다. 특히 제4부로 따로 묶은 교향시「조국창건」은 북녘 땅에 건설된 사회주의 체제에 대해 찬탄과 경의를 표한 것이다. 이는 그가 월남 이후 보여준 관심사나 사회적 행보와는 방향이 전혀 다르다. 주제와 표현을 강요하는 데서 온 난감함이 월남을 결심하게 한 주요 원인이 아니었을까 짐작하게 하는 부분이다. 이를 증명하듯 그는 월남 후 출간한 세 번째 시집『화성인』에『송가』수록작 중 고향의 풍습과 정경을 주제로 한 순수 서정시 몇 편만을 골라 재수록했다.

1·4후퇴 시기 단신 월남한 후, 향수와 상실감은 일평생 그가 복용한 시적 양식이었다. 실향민 대부분에게 그러하듯 고향에 대한 그리움은, 회복의 기대가 컸던 만큼 시간이 지날수록 그에게도 좌절과 정신적 상흔을 짙게 남겼다.『화성인』에서 그는 낯선 공간으로 흘러들어와 뿌리내리지 못하고 부유하는 자신을 비루하고 상처받은 모습의 등가적 상징물로 시화하고 있다. 실낙원한 존재들 속에 웅크린 고독과 아픔은「부두의 만가」,「낯선 마을에서」,「피의 분노」,「솔멧골」등의 작품에서 진하게 맛볼 수 있다. 그는 체념과 상실감을 극복하기 위한 반동적 기제로 고향의 시 공간을 그리움과 동경으로 채색해 더욱 아름답게 표현했다. 신화적 완전성을 갖춘 유토피아 공간에 대한 갈구는 시인이 말년까지 일관되게 추구한 주제였다. 회복할 수 없는 이상향을 근대화 이전 농업공동체의 풍물과 정경, 방언 등으로 구체화하고, 그곳에 대한 지향과 열정을 다시 회한, 체념, 그리움 등으로 아련하게 물들인 것이다.

현실의 좌절을 이기기 위해 이상향을 만들고 그곳으로 나아가려는 결핍의 정서는『푸른 전설』,『묵시록』등 이후 시집에서 초월성을 지향하는 정신적 갈망으로 심화·변주된다. 이 시기 작품들에서 스스로를 포함한 현실적 대상들은 지고한 곳에 자리한 순수한 존재들과 극명한 대조를 이룬다. 초월적 존재에 대한 갈망이 현실의 불완전성을 부각시키는 동력으로 작용한 것이다. 동경과 열망은 반복되는 좌절을 통해 강하게 표출되는데, 결국 완전성의 극치라 할 수 있는 신에 대한 찬탄과 경의로 확대되고 있다. 신의 질서에 대한 경외감은 『위대한 사랑』, 『묵시록』 등에 선명하게 드러난다. 유토피아에 대한 좌절과 동경이 정신적 완전성에 대한 갈망으로 변화한 것이다. 즉 그는 후기 작품에서 위대한 자연을 초라한 인간과 대조하고, 굳고 강한 상징물과 시적 자아를 동일시하며, 기독교 가치관에 대한 희구로 시적 태도를 정착시킨다. 타의에 의해 낯선 영역으로 내쳐진 불안과 허탈감을 극복하기 위해 모든 현실적 존재들의 불완전한 상태를 면밀하게 자각, 반성하려는 정신적 여정의 도착점이라 하겠다. '실낙원과 상실감', '복낙원의 기대', '불완전성의 자각과 완전성의 추구'는 양명문의 시세계를 전반적으로 아우를 수 있는 핵심 주제이다.

2. 복낙원復樂園, 유토피아 회복을 향한 희망

양명문은 20대를 동경에서 보냈다. 1930년대 후반에서 1940년대 초반에 이르던 당시 동경은 서구의 이국적인 문물이 먼저 유입되는 중심지이자 화려함과 권력의 상징이었다. 그러나 세련된 도시 풍경 이면에는 전운의 불안을 퇴폐와 소비 분위기로 가리는 기묘함이 감돌고 있었다. 피식민지 출신 유학생 양명문은 식민제국 수도 동경의 모순이 풍기는 긴장감 속에서 뼈저린 고독감을 느꼈을 것이다. 조선에서는 선택받은 입장이지만 정작 동경에서는 소외와 차별로 인해 결코 중심으로 진입할 수 없었던 것이다. 선택과 박탈의 불안을 안고 경계를 서성이던 청년은 마음속 소용돌이를 문학에 몰두하는 것으로 풀어내려 한다. 주변을 겉도는 고독감을 시적 감수성으로 바꾼 그는 고향의 기억을 강한 노스탤지어로 물들여 한 폭의 수채화처럼 아련하게 채색하고 있다. 해방 후 감격에 차 서둘러 귀향한 그는 농업공동체의 회복을 기대하며 행복한 삶을 구체화한 작품들을 연이어 발표한다.

> 새맑은 샘물이 흐른다
> 네 치마폭에 싼 가지가지의 과실을
> 방금 가지에서 따온
> 임금林檎 배 포도송이들을
> 이 샘에 띄우고
> 다시 한 번 쥐어보자
> 태양이 과실들을 오오 화장시킨다
> 너는 내 옆에 일어선 채
> 노래 불러도 좋다
> 아직 가지에 달리어 행복스럽게
> 흔들리는 실과들과 함께
>
> ―「과수원」 부분

　귀국 직후에 쓴 「과수원」은 유소년기 기억 속 고향의 목가적인 한 풍경을 풍요롭게 현재화한 작품이다. 과실들이 농밀한 풍광에 흔들리며 차츰차츰 익어가는 정경과 이를 즐기며 노래 부르는 천진난만함은 선명한 풍경화 한 폭을 떠올리게 한다. 되찾은 대지, 맑은 샘물, 탐스러운 열매 등 밝은 이미지의 소재들을 명랑하고 기운찬 어조로 버무려내어 소담스

럽고 즐거운 느낌을 한껏 고조시킨다. 수확 시기의 시골 과수원 정경은 이국에서 외로움에 시달리던 시인이 행복한 과거를 회상할 때마다 떠올린 필름 한 장이었을 것이다. 화자는 머릿속에 선명하게 각인된 유년의 장면이 해방을 통해 다시금 회복될 수 있으리라는 믿음을 의심 없이 표출한다. 국토가 오랜 수탈로 피폐해져 있었다 해도 이제 광복을 찾았으니 곧 회복될 것이라는 낙관적 희망에 부풀어 있었던 것일까. "새맑은", "방금 가지에서 따온", "행복스럽게"라는 표현은 새 시대를 맞아 전통적 삶을 유지하면서도 보다 새로운 행복이 찾아오기를 바라는 간절함을 나타낸 것이리라. 고향에 대한 애정은 목가적 풍경 묘사를 넘어 평남 지역 풍속, 일상적 소재들을 소개하는 작품들로 묶인다. 작품 「살림살이」, 「어머니」 등은 따뜻한 체온이 느껴지는 토속어와 지방색어린 생활문화 풍속의 생기 넘치는 활력을 맛보여준다.

> 양녁 멩질이나 쇄서 가럼
> 이리캐 날두 추운데
>
> 야 색―ㄱ아
> 그 왜 찹쌀 있띠 왜
> 니 찹쌀 가루루
> 몽퉹이나 비자라
> 동지가 낼인데 죽이나 쑤럼
>
> 달구지 박구는
> 눈길을 굴러간다
> 달가당 쌍강빽깍 굴러간다

땅버들 냉기엔 까치가 우는데
새색시 똬리엔 어름이 엘린다

볏나까리 높구 우물 깊은 동네
눈 덮인 초가집 굴뚝에서는
동지죽 쑤는 연기가 쿠울쿨
자꾸 올라간다

—「동지」 전문

동짓날 팥죽 쑤어먹는 정감 넘치는 풍습을 그대로 되살려내고 있는
시다. 무심한 듯 던지는 퉁명스런 말투에서 외려 이면의 정이 묻어나는
토속어를 그대로 살려, 투박하지만 따뜻하다. 세련되거나 예의바른 의례
적 인사 대신 무뚝뚝한 대화 속에 깊은 애정이 녹아 있던 옛 시골 정서를
아련하게 느낄 수 있다. 입김이 펄펄 나도록 쨍하게 추운 날, 팥죽이 설
설 끓는 솥에서 나는 김은 매섭게 추운 바깥 날씨와 선명한 냉온감각의
대비를 이루며 활기찬 풍속으로 감각적 회귀를 돕고 있다. 팥죽의 소박
한 맛이 과거의 질박한 정서를 현재로 끌어와 회감시키는 것이다. 단단
하게 언 길과 마찰음을 내며 구르는 달구지 바퀴, 땅버들 냉기를 길게 그
어 내리듯 깨는 까치울음, 눈 덮인 초가지붕과 굴뚝 등 차가운 이미지와
펄펄 끓는 죽, 굴뚝의 연기 등 뜨거운 이미지의 극대화된 대조가 감칠맛
을 더한다. 날카롭게 얼어붙어 "달가당 쌍강빽깍" 허공을 쪼개는 소리
안으로 "동지죽 쑤는 연기가 쿠울쿨" 퍼지며 따뜻하게 스며드는 것이다.
쉬운 시어를 단순한 구성으로 엮지만 단번에 과거와 현재를 잇대는 솜씨
가 예사롭지 않다. 양명문은 고향 방언에 대한 애착이 많아 사투리를 그
대로 살린 작품을 여러 편 발표했다. 지방색 강한 사투리와 풍속을 능수

능란하게 다루는 손길은 「단오」, 「추석」 등에서도 등장하여 당시 평남 지역 서민들의 일상사를 한 장면 한 장면 선명하게 인화한다.

그러나 그는 내내 꿈꾸던 낭만적 농업공동체를 고향에서 경험할 수 없었다. 한반도 북쪽은 도시든 농촌이든 예외 없이 사회주의 체제를 표방한 근대적 시스템으로 탈바꿈하는 운명을 겪어야 했다. 『송가』를 살펴보면 그 역시 현실을 자각했음을 짐작할 수 있다. 자의든 타의든, 공산주의 이념에 의해 새로운 사회가 마련될 것이라고 직설한 시가 여러 편 눈에 띄기 때문이다. 더욱이 『송가』의 4부는 '조국창건'이라는 소제목의 교향시로 묶여 있는데, 사회주의 체제 확립을 통해 발전된 공동체를 만들 수 있다는 내용이다. 하지만 월남 후 종군작가로 활약한 행적이나 반공 정신이 투철한 이후 작품군을 볼 때 스스로의 의지는 아니었을 것이다. 사상 교양적 내용을 집어넣지 않으면 시집 출판이 불가능했을 것이고, 그런 현실에 대한 염증이 월남의 한 이유가 되었을 수도 있다. 간절히 그리던, 풍요롭고 온정 넘치는 고향은 잠시 희망만을 비춰준 후 끝내 완전히 상실된다.

3. 실낙원失樂園, 상실감과 자기회복 의지

1·4후퇴 시기 혈혈단신 월남한 양명문은 평생 동안 상실감과 이방인 의식으로부터 벗어날 수 없었다. 월남 초기에는 이리저리 부유하다 어디에도 뿌리내리지 못할 것이라는 서글픈 예감을 어둡고 혼란스러운 소재와 어조로 드러낸다. 일가붙이 없이 머물렀던 부산생활은 피폐한 생활과 부박한 정서로 메말라 있었다. 부산은 당시 피난민들이 집결하여 빈곤한 삶을 이어가던 곳이었고, 일설에 의하면 그 역시 부두노동자로

잠시 어려운 생활을 했었다고 한다. 양명문의 고향은 주로 농업과 관련된 풍경을 갖고 있었기 때문에 바닷가정경은 더욱 낯설었을 것이다. 뿌리뽑혀 낯선 곳에 팽개쳐졌다는 마음의 고통을 가중시키는 신고한 삶은 드나듦이 잦은 항구의 뜨내기 이미지로 구체화된다.

> 그 어느 뉘가 달가이
> 불러서 와 닿은 기항寄港은 아닌데
>
> 회색의 연기를
> 서서히 토해놓으면서
>
> 나는 제법
> 돛을 내리고는
>
> 흐리멍덩 기름 뜬 항만에다
> 날카로운 뿔을 번득이며
> 닻을 내렸다
>
> 풀어도 한정 없는 고달픈 짐을 부리며
> 교활한 기습들을 예지롭게 도피해온 여기서
>
> 그래도 자기비굴을 만회하려는 듯
> 뿌우뿌우 고동을 부는 것이다
>
> ―「숙명」 부분

연고도 없는 낯선 항구에 머물며 느끼는 체념과 슬픔이 마음을 적시고 있다. "달가이 불러서 와 닿은 기항寄港"이 아닌 곳에서 "풀어도 한정 없는 고달픈 짐을 부리며" 제법 몸과 마음을 정박해보지만 임시적일 뿐 뿌리를 내릴 수는 없다. 뱃고동소리는 처량하기만 하고, 마음을 달래보려는 시도는 속절 없어 외로움만 더할 뿐이다. 자아는 짐짓 희망에 찬 듯 부는 고동소리를 "자기비굴을 만회"하려는 과장된 의도라 고백하며 자신을 꿰뚫어본다. 쓸쓸함과 고독어린 행위들은 마지막 행에 와서 결국 "허잘것없는 쓸쓸한 정박인가!"라는 체념으로 연결된다. 본향을 잃어버린 자가 그리움을 버리지 못하는 한 고향을 대체할 공간은 어디에도 없다. 행복했던 기억을 쓸쓸하게 반추하도록 만드는 비교항으로 낯선 곳이 자리잡을 때, 잃어버린 곳의 기억은 더욱 단단히 보수되어 노스탤지어의 환상적 측면을 강화시킨다.

이처럼 그는 고향을 결코 잊지 못했다. 환도 후 비교적 안정된 생활을 꾸려가면서도 그리움이 자아내는 우울과 쓸쓸함은 작품 배면에 점점 진하게 물들어간다. 현실과 타협하고 과거를 망각할 때 현재는 행복을 허락하지만, 기억의 무게를 내려놓지 못하는 자에게 현재는 늘 누추하게 이어지는 결핍일 뿐이다. 행복에 젖었던 촉수로 과거를 더듬을 때 삶은 비극적 초라함으로 퇴색해버린다.

초라한 독립문 근처를 맴돌다가
우울한 날개를 펴들고
나는 북악을 넘는다

꽃구름이 권태로운 봄날은
노송 삭은 가지에 도사리고 앉아

멀리 메아리져 퍼지는 포성을 듣는다

누구도 알 바 없는 미궁은
오불꼬불한 나의 피어린 창자 속
그러나 조상 적부터 아예
푸로메테우스의 날간 같은 것은
쪼아먹은 적이 없다

나의 외동딸 '자유'는 멀리 외로이
브라질 같은 데로 이민을 떠났고
이 절벽 속 같은 고독 속에
내 홀로 이 강산을 지키며 산다

이 허황한 하늘 저쪽에
비장한 낙일落日이 곤두서 떨어져도
까딱 않는 나의 앙동그란 눈동자는
다만, 엄숙히 의시疑視할 뿐

— 「독수리의 비가秘歌」 부분

위의 시에서 자아는 더 이상 푸른 창공으로 솟구쳐 오르지 못하는 늙은 독수리에 스스로를 투영하고 있다. "삭은 가지"에 앉아 있던 독수리가 날개를 펴보았자 배회할 수 있는 곳은 기껏 "초라한 독립문 근처"일 뿐이다. "초라한", "삭은", "낡은" 등의 시어에서 짐작하듯 퇴적된 시간은 더 이상 힘을 발휘하지 못하고 현재의 권태로움을 배가시키는 역할만 할 뿐이다. 독수리를 독수리답게 해주는 핵심적 요건, 어디로든 힘차게 날아오를 자유는 이미 '이민'을 떠난 지 오래다. 절벽 같은 고독 속에서 홀로 시간을 버티는 독수리에게 남은 것은 오로지 회한과 적막으로 흐르는 시간의 황망한 무게를 견디는 일이다. 날아갈 목적지도, 희망도 잃은 독수리는 외양만 독수리일 뿐 이미 독수리로서의 본성을 잃었다. 존재이유를 잃은 자에게 생은 권태롭게 풍화하는 퇴적물일 뿐 살아낼 미래의 생동감이 아니다. 그러나 독수리의 독백이 비가秘歌로 남을 수 있는 것은 기억이 아직 살아 있기 때문이다. "앙동그란 눈동자"를 유지한 채 지는 해를 의시疑視하는 반성적 시선의 생명력이야말로 독수리가 느끼는 슬픔의 근거일 것이다.

고독과 슬픔의 에스프리는 회한과 체념이 어린 반성과 어울려 매력적인 비애미를 자아낸다. 끈질긴 기억이 놓지 못한 그리움은 늘 부족한 현실과 대비되고, 둘 사이의 낙차에서 발생하는 회구, 체념, 우울, 무기력 등을 양명문은 낮게 가라앉은 슬픔으로 부드럽게 구체화한다. 유년체험을 구성했던 고향은 상실의 슬픔과 그리움이라는 깔개 위에서 아련한 노스텔지어로, 미래에 도달하고픈 유토피아로 펼쳐진다.

4. 초월적 대상의 희구

완전한 시공간에의 지향은 후기 시에 와서 정신적 완전성에의 갈망으로 변주된다. 그가 즐겨 선택하는 시적 대상은 시간의 흐름, 환경의 변화 속에서 지속성과 동일성을 유지하는 특징을 갖고 있다. 소나무, 학, 바위, 거북이 등 전통적 상징은 완전함을 표현해주는 데 적합해 자주 등장하는 소재이다.

되도록이면—
나무이기를, 나무 중에도 소나무이기를,
생각하는 나무, 춤추는 나무이기를
춤추는 나무 봉우리에 앉아
모가지를 길게 뽑아느리우고 생각하는 학이기를,
속삭이는 잎새며, 가지며 가지 끝에 피어나는
꽃이며, 꽃가루이기를,

어디서 뽑아올린 것일까
당신의 살갗이나 뺨이나 입시울에서 내뿜는
그것보다도 훨씬 더 향기로운 이 높은 향기는

되도록이면
바위이기를, 침묵에 잠긴 바위이기를
웃는 바위, 헤엄치며 웃는 바위
그 바위 등에 엎드려, 목을 뽑아올리고
묵상에 잠긴 그 거북이기를 거북의 사색이기를,
그 바위와 거북의 등을 어루만지는
푸른 물결이기를, 또한 그 바위 겨드랑이나
사타구니에 붙어 새끼를 치며 사는 산호이기를,
진주알을 배고[孕] 와딩구는 조개이기를

어디서 그런 재주들을 배워왔을까,
당신의 슬기로운 예지로도 알아차리기 어려운
그 오묘한 비밀, 그지없이 기특하기만 한 생김새

다시없는 질서, 바늘끝만치도 빈틈없고 헛됨이 없는
이들의 엄연한 질서
이 줄기찬 생활이여!

— 「송가」 부분

나에게
불안과 초조를 묻지도 말라
먼 훗날
내가 죽거든
내 가느다란 다리뼈를 고이 다듬어
졸로리 구멍을 뚫어
피리를 내여

고요한 달밤에
고풍한 정자에 올라
피리를 한가락 불라
그때 다시
나의 예지와 정서를
맛볼 것이다

이렇게 나는
천년을 살을란다

— 「학」 부분

두 편의 시에는 시간을 초월해 고고하고 정결한 영원성으로 남고픈 간절한 희구가 드러나 있다. 작품 「송가」의 소재로 쓰인 푸른 소나무, 침묵하는 바위, 사색에 잠긴 거북이, 천년을 사는 학은 한결같은 모습으로 시간의 풍화를 견디며 동일성을 유지하는 상징적 대상이다. 자아는 고고한 자연물이 자연의 순환 속에서 말없이 자리를 지키며 자신을 가다듬는 광경을 주목하고 "어디서 그런 재주들을 배워왔을까"라고 감탄한다. 인정없는 시간의 흐름을 무심하게 견디며, 우주의 질서를 바늘끝만큼의 낭비도 없이 엄연하게 지켜가는 삶은 화려하거나 눈에 띄지 않지만, 유심히 살펴보면 경이롭다. 수수한 모습으로 생명의 질서를 중단 없이 진행해나가는 단단함에 "줄기찬 생활"이라는 표현만큼 적절한 어휘가 또 있을까. 시간과 환경의 변화 아래 이리저리 나부끼며 사위어가는 인간의 경박한 오욕칠정과 대비되는 자연물의 삶은 경탄할 만하다. 「학」에서 역시 감정을 초탈하고 의연한 "학"과 불안과 초조 앞에서 나약한 인간의 모습은 대비되고 있다. 천년을 사는 학의 세월에 비할 때 인간의 수명은 초라할 만큼 짧다. 우주의 시간과 질서를 흔들림 없이 맞이하는 영물들의 단단함에 비해 일희일비하는 인간의 삶은 경박하기만 한 것이다. 이 삶이 중단된 뒤 다른 모습으로 바뀌어 다시 자연의 섭리에 순응하는 모습은 양명문이 추구했던 이상적 상태가 어떤 것이었는지 짐작하게 한다. 무념무상의 경지에 올라 희로애락과 오욕칠정을 초탈하는 모습이야말로 완전성으로 도달할 최고 경지인 것이다.

5. 신앙시, 불완전성과 고백

기독교 신앙으로 구체화된 종교성을 언급하지 않고 양명문의 작품 세계를 이해하기는 힘들다. 그는 불완전성을 자각하고 절대성을 희구하는 신앙고백으로 후기 시편 다수를 채웠다. 1983년 3인 공동 신앙시집 『신비한 사랑』을 펴낸 바 있으며, 절친했던 박두진은 그의 사후 유고 신앙시집 『눈물이 녹으면 구름이 되고』를 편編해 출간하였다. 그는 원래 기독교 신앙을 갖고 있었으며, 유학시절에는 종교학자 카를 바르트의 사상에 깊은 관심을 갖고 있었다고 한다. 초월적 완성상태를 흠모하는 그의 성향은 기독교의 가치관과 친연성을 갖기 쉬웠을 것이다. 더불어 평생을 지배했던 실낙원 의식, 복낙원에 대한 갈망은 불완전한 현세를 견디기 위한 방편으로 절대자의 은총을 갈구하는 기독교적 가치관과 적절히 맞아떨어진다. 신앙 고백은 「기도」, 「동행」, 「부활절에」, 「부활」 등의 시편에서 직설듯 드러나며 후기 작품 전반에 주제적으로 깔려 있다. 초월자로의 회귀와 빛, 순금, 순수, 침묵 등 완결성에 대한 경의와 찬탄, 신성한 시간의 경험은 양명문이 이데아적이라 할 완전성을 간절히 추구했음을 보여준다.

우주의 원리를 교묘히 노래하는
밀화부리의 탐스러운 부리
일체를 거부하는 순금의 거북은
순수를 겨냥하는 침묵의 미학이다

빛을 폭발시키는 다리 다리
끝없이 펼쳐지는 자작나무 숲
하늘문이 열리는 별들의 유원지로
보랏빛 시간의 날개를 펴
날자, 줄기차게 날자

— 「조용한 개선凱旋」 부분

기독교 신앙은 불완전한 삶을 지탱하는 근거이자 원리로 작용했다. 그의 시는 결핍의 절망과 은총의 충만 사이 긴장어린 비약과 추락을 정신의 왕복운동으로 반복한다. 불완전함의 자각과 좌절, 상승하려는 의지의 지속적 반복은 신앙을 강하게 확인하는 역설적 원동력이다. 그에게 우주는 신의 원리로 신비하게 구현된 완성체였다. 다만 현실이 그 의지의 작용을 제대로 이해하지도 실현하지도 못할 뿐이다. 신앙을 통해 우주 원리를 깨닫고 완성된 상태로 보다 가까이 다가가려는 의지를 그는 삶의 개선凱旋으로 여긴다. 그리고 이를 '빛'과 '순수' 이미지 구현을 통해 달성하려 한다. "순금의 거북", "순수를 겨냥하는 침묵의 미학"으로 완전성을 추구하는 정서는 희망의 힘찬 날갯짓으로 긍정적 힘을 되살려낸다. 신앙 시편은 신에 대한 경의, 자신을 개선하려는 의지, 은총의 갈망, 불완전성의 고백 등을 폭넓게 다루고 있다.

그에게 삶은 언제나 미달이자 미완이며 오로지 절대자의 은총에 의해서 완성을 향해 나가는 걸음일 수 있을 뿐이다. 현세에 묻어 있는 불순과 오염을 닦아내고 순수하게 빛나는 경지로 도달하고자 하는 희구는 인간이 갖는 종교적 보편 열망의 원동력이기도 하다. 시인의 예민한 정신은 생의 바퀴가 굴러가며 맞는 국면으로 인해 어쩔 수 없이 팬 홈과 균열로부터 생의 전반적 훼손을 감지하고야 만다. 그는 순수 중에서도 절대적 순수, 완전성 중에서도 잡스러움 없는 완전성을 종교적 가치에서 찾고자 했다.

6. 기억의 복원과 삶의 연속성

대중적인 견지에서 볼 때 양명문은 시인으로보다 작곡가 김동진 곡에 붙인 노랫말 팔십여 편의 작사가로 더욱 널리 알려져 있다. 그가 작사한 많은 가곡들이 서민들 삶 가까이에서 일상의 애환을 달래주는 명편들로 남아 있는 것도 사실이다. 그러나 그 이전에 양명문은 평생 중단 없이 시를 쓰고 시인으로서의 정체성을 무엇보다 중요시한, 해방 이후 한국시단의 중요 인물이었다. 그는 식민시대의 질곡과 혼란스러운 해방정국, 비극적 전쟁기의 중심을 통과하고 남북체제를 동시에 경험하며 예민한 역사적 상황을 실향민으로 체화한 작품들을 남겼다. 시대 좌표에 맺힌 개인의 고통을 용매로 삼아 열정어린 자의식을 풀어 선명히 새긴 다수의 개성적 작품을 고려할 때 양명문은 해방 후 한국시사의 정당한 위상과 평가를 부여받아야 한다. 활발히 작품활동을 하던 시기의 기록을 살펴보면 당시 양명문에 대한 관심이 적지 않았음을 알 수 있다. 그러나 의아하게도 사후 그의 작품에 대한 주목은 전무하다시피 미미하다. 이러한 무관심은 1990년대 이후 시단의 주된 관심 방향이 전통 지향적 정서를 어딘가 낡은 것으로 치부하며 새로운 기법, 모던한 정서로 편중된 환호를 보내왔음을 반증하는 것이기도 하다.

양명문이 일관되게 몰두한 그리움, 열망, 지향 등은 현재의 결핍과 불만족을 채우고자 하는 간절함이 강할 때 싹트는 정서이다. 자의건 타의건 진정한 자율적 선택과 납득이 없는 결여는 늘 그리움의 마음을 동반한다. 고향으로부터의 이탈과 물질적 가난이 일상화되어 있던 시절, 아련한 동경으로 현재를 달래는 정서는 대중과 공감대를 형성해 슬픔과 외로움을 이끌어갈 한 동반자로 함께할 수 있었다. 개개인이 바라보는 구체적 대상이 무엇이든 잃어버린 것을 지향하며 미래를 희망으로 기다리는 마음은 현재의 공허감을 채우는 역설적 원동력으로 작용한다. 그러나 현재가 제공하는 모든 상태를 명랑하게 즐기고 만족하려는 현 시대적 분위기에서 결핍과 기다림의 정서는 많은 공감을 자아내지 못하는 듯하다. 오히려 현재를 더욱 다채롭게 만족시켜줄 세련되고 새로운 욕구 창출이 매력적으로 받아들여지고 있다. 현재를 넘어서는 보다 완전한 무엇을, 지치지 않고 찾으려는 열망은 이제 어딘지 낡고 촌스러운 정서로 치부되는 느낌이다.

시대적 공간적 편차, 경험의 질적 다양성을 고려한다 해도 인간의 정서 한 곳에는 그 편차를 포괄하며 하나로 녹이는 공통항이 단단히 자리잡고 있다. 삶은 본성적으로 시간과 경험이 제공하는 기억을 붙들어 어쩔 수 없이 마모되는 부분을 아름답게 메워 넣으려 한다. 기억과 반성에 의지해서 과거를 향하는 그리움은 한편, 보다 높은 곳을 향해 도약하려는 미래로의 열망과 질적으로 다르지 않다. 그러므로 삶은 지나쳐가는 순간들에 그리움과 갈망의 매듭을 묶어 과거와 현재, 미래로 엮어가려는 열망이기도 하다. 향수, 사랑, 그리움 등은 시대와 환경을 초월하여 우리 모두에게 내재한 공통 감성이리라 그리움과 기대를 바탕으로 하는 시간의 매듭이 없다면 삶은 현재를 부유하며 결국 황폐화될 것이다.

오래된 감정과 빛바랜 풍경들을 낡은 것이라 치부해 버린다면 과거는 망각 속에 밀봉된 채 결국 소실될 것이다. 우리가 간직한 보편 감정들을 추상적 개념 어휘로 설명해 논리적으로 납득시켜주는 일은 시의 영역이 아니다. 시는 다만 모두 갖고 있지만 꺼내 보여줄 수 없는 전 논리적 감정들을 이미지와 감각, 대상물들로 현실화시켜 경험의 영역으로 잇대어준다. 양명문은 그리움이라는 용매에 경험 속 풍경과 언어를 풀어 선명하게 채색해놓았다. 그의 작품에 주목하는 것은 망각의 논에 물을 대고 풍성한 열매를 기대하는 경작의 발걸음이자, 어둠 속에서 건진 기억들을 정갈하게 빗어내리는 일이다.

| 작가 연보 |

1913년 11월 1일 평양에서 유복한 집 아들로 태어남. 호는 자문紫門.

1920년 평양 소재 종로공립보통학교 입학. 당시 황순원, 김이석, 이중섭, 김병기 등이 평양 종로공립보통학교에 다니고 있었음.

1935년 일본 도쿄 센슈대학 법학부로 유학. 법학을 전공하였으나 타고난 예술적 기질로 인해 전공보다는 문학에 몰두하는 시절을 보냄. 검정색 순모 망토를 입고, 스틱을 짚고 동경거리를 활보한 멋쟁이였음. 유학 시절 작곡가 김동진과 만나 이후 오랫동안 교분을 나누게 되었는데 이후 80여 편이 넘는 가곡을 양명문이 작사하고 김동진이 곡을 붙여 만듦. 이 무렵 박남수, 김종한, 함윤수 등과 함께 동인시지《이정표》발간을 준비하던 중, 한글로 책을 내려 했다는 이유로 일경에게 원고를 압수당하는 사건이 발생함. 동인지《시건설》,《삼사문학》등에 간간히 작품을 발표. 동경 유학 당시 카를 바르트의 사상에 관심을 가지고 있었으며 그에 대한 관심은 이후 종교에 몰입하며 꾸준히 이어짐.

1940년 12월 30일 도쿄에서 27편의 시를 수록한 처녀시집『화수원華愁園』발간. 작품 전체가 일어로 되어 있으며 후기에서는 젊은 날의 고뇌와 방황을 시화詩化했다고 기록.

1943년 일본 도쿄 센슈대학 법학부 졸업. 1944년까지 도쿄에 머무르며 문학 창작활동에 전념하다 졸업 후 고향인 평양으로 돌아옴.

1945년 해방 이틀 후인 8월 17일 조만식을 위원장으로 결성된 '평남건국준비위원회'에 참여함. 양명문은 문화부에서 문학 관계 일을 담당함. 12월, 시「명태」가 반동적이며 내용이 불순하다는 이유로 내무서에 불려가 심문을 받는 사건 발생.

1947년 10월, 평양에서 두 번째 시집『송가頌歌』출간. 이제까지 전해지지 않는 것으로 알려져 있었으나, 2009년 미군정청 자료로 발견됨. 그는 저자후기에 '오늘날 모든 약소민족 가운데서 살고 있는 시인들이 다 같은 행복을 가질 수 있는가' 하는 문제를 다루고 있다고 밝힘.

1950년 1·4후퇴 때 박남수, 김동진, 김백봉 등 많은 문학예술인들과 함께 단신 월남. 월남 직후 한때 부산 제2부두에서 힘든 노무자 생활을 함.

1951년 12월 김광섭(당시 경무대 공보비서), 김종문(당시 국방부 정훈국장)의 배려로 전국문화단체총연합회 구국대원으로 육군 종군작가단에 들어가 활약함.

1952년 2월 극작가 오영진의 육촌 동생인 부인 김자림을 만나 8월 부산에서 춘곡 고희동의 주례로 결혼. 이후 극작가로 활동하던 김자림은 그의 사후인 1985년 『부르지 못한 이름 당신에게—시인 양명문 회상기』(학원사)를 통해 양명문과의 애틋한 사랑을 회고한 바 있음.

1955년 국방부 정훈국 주최로 열린 칸타타 「조국찬가」의 작사를 맡음. 이때 작곡은 김동진, 노래와 춤은 김백봉이 맡았음. 12월 세 번째 시집 『화성인火星人』 출간. 이때부터 1958년까지 서울 문리사대(명지대 전신), 국방부 전시연합대학, 수도의과대학, 청주대학에 재직하며 시론과 문예사조를 가르침. 수필집 『사색, 감흥, 구상, 표현』 출간.

1956년 자유문인협회 중재위원 역임.

1957년 펜클럽 한국본부 중재위원, 전국문화단체총연합회 중앙위원, 시인협회 이사 등을 맡으며 활발한 대외적 문화예술 활동을 함. 일본에서 열린 국제 펜클럽 제29차 세계작가회의에 한국 대표단의 일원으로 참석함. 이후 동경, 대북, 비엔나, 브라질 등 각지 펜 대회에 누차 참여함.

1959년 네 번째 시집 『푸른 전설傳說』 출간. 당시 홍익대 학장이자 동신문화사를 경영하던 친우 이대원이 장정을 맡는 동시에 우정 출판해줌.

1960년 이화여대 문리대 학장이었던 평론가 이헌구의 주선으로 이화여대 부교수로 부임하여 1965년까지 시론 등을 강의함.

1961년 문인협회 이사 역임.

1965년 시선집 『이목구비耳目口鼻』 출간. '이목구비'란 선집명은 앞선 네 권의 시집을 뜻하는 것임. 국제대학 부교수로 직장을 옮긴 후 1979년 대우교수 등을 거치며 강의와 창작활동에 전념.

1970년 자유중국 대북에서 개최된 아시아작가회의에 안수길, 박종화, 주요섭, 조연현, 김자림 등과 함께 한국 대표로 참석. 고시위원 역임.

1973년 다섯 번째 시집 『묵시록默示錄』(정음사) 출간. 후기에서 그는 현대성을 위시하여 우연성, 비합리성, 초자연성 내지 신비성 등에 대해 성찰과 탐색을 중요시했다고 술회.

1974년 한국문화예술진흥원에서 제정한 제1회 대한민국 문학상 수상.

1976년 펜클럽 한국본부 이사로 선출됨.

1980년 브라질에서 열린 국제 펜작가회의에 한국 대표로 참가함. 이 당시 리우데자네이루, 코파카바나의 아름다움에 감탄해 시「코파카바나」등 발표.

1981년 1985년까지 세종대학 초빙교수를 지냄.

1982년 반포장로교회에서 장로 직분을 받음.

1983년 장수철·임성숙과 함께 3인 신앙시집인『신비한 사랑』출간.

1984년 문화예술진흥원의 지원금을 받아 여섯 번째 시집『지구촌地球村』출간. '지구촌'은 지구촌 여기저기를 여행, 체험하며 시를 쓴다는 뜻으로 붙인 명칭.

1985년 11월 21일 지병으로 사망. 유고시「눈물」,「무제」등 발표. 도미했던 부인 김자림이 1주기를 맞이하여 문예진흥원 강당에서 '양명문 시인 추모 문학의 밤' 개최.

1990년 절친했던 박두진이 기독교적 신앙과 관련된 작품을 선選한『눈물이 녹으면 구름이 되고』출간.

1940년   시집 『화수원華愁園』, 청수사.

1943년   「후지산에 부쳐」, 《국민문학》 2월호.

1947년   시집 『송가頌歌』, 문예전선사.

1952년   「찬가讚歌-수도사단에 드리는」, 《전선문학》 4월호.

        「조국을 위하여」, 《지방행정》 7월호.

1953년   「메알이」, 《전선문학》 4월호.

        「총진군」, 《국방》 6월호.

1955년   「광야에서」, 《지방행정》 2월호.

        「낙동강」, 《청사》 7월호.

        「파성형에게」, 《영문》 11월호.

        시집 『화성인火星人』, 장왕사.

1956년   「한류」, 《지방행정》 5월호.

        「후조候鳥」, 《영문》 11월호.

1957년   「나의 순례가巡禮歌에서」, 《자유문학》 8월호.

        「봄의 향연」, 《연합 레메디아》 4월호.

1959년   시집 『푸른 전설傳說』, 동신문화사.

1963년   「분노의 계절」, 《자유문학》 3월호.

        「10월의 단장斷章」, 《신세계》 10월호.

1965년   시선집 『이목구비耳目口鼻』, 정음사.

        「비가悲歌」, 《여원》 7월호.

        「변신」, 《문학춘추》 12월호.

1967년   「부육腐肉」, 《현대문학》 1월호.

1973년   시집 『묵시록默示錄』, 정음사.

1983년   3인 공동시집 『신비한 사랑』, 영산출판사.

1984년   시집 『지구촌地球村』, 양림사.

1985년   「쏘렌토 회상」, 《소설문학》 9월호.

1986년   「눈물」, 《문학사상》 6월호.

1986년 「날은 날에게 밤은 밤에게」,《동서문학》8월호.
「가을에」,《문학사상》12월호.

|연구 목록|

김시철, 「시인 양명문」, 『김시철이 만난 그때 그 사람들 1』, 시문학사, 2006.
박두진, 『시와 사랑』, 신흥출판사, 1960.
_____, 『한국현대시론』, 일조각, 1974.
_____, 『한국현대시감상』, 신원문화사, 1996.
박화목, 『현대시에의 초대』, 신조문화사, 1960.
서정주, 『시와 시인의 말―한용운에서 이해인까지』, 창우사, 1986.
장만영, 『현대시의 이해와 감상』, 신흥출판사, 1961.
조남익, 『한국현대시해설 上』, 미래문화사, 1993.
최도식, 「고향상실과 '회귀성'의 시학―양명문 론」, 『다층』, 2006 겨울호.
최동호, 『한국명시 上』, 한길사, 1996.

한국문학의 재발견-작고문인선집

양명문 시선집

지은이 ㅣ 양명문
엮은이 ㅣ 박선영
기 획 ㅣ 한국문화예술위원회
펴낸이 ㅣ 양숙진

초판 1쇄 펴낸날 ㅣ 2010년 1월 15일

펴낸곳 ㅣ ㈜현대문학
등록번호 ㅣ 제1-452호
주소 ㅣ 137-905 서울시 서초구 잠원동 41-10
전화 ㅣ 516-3770
팩스 ㅣ 516-5433
홈페이지 www.hdmh.co.kr

ⓒ 2010, 현대문학

값 11,000원

ISBN 978-89-7275-533-3 04810
ISBN 978-89-7275-513-5 (세트)